54 ausgesuchte Beiträge, aus dem Wettbewerb „Lyrik 2000 S" des Jahres 2003, mit Teilnehmern aus Deutschland, England, Holland, Irland, Österreich, Portugal, Rumänien, Schweiz, Spanien und der Ukraine. Thema war „Odyssee".

Andreas Sticklies (Hg.)

Lyrik 2000 S

Beiträge aus dem
gleichnamigen Lyrikwettbewerb
2003

Titelbild: Andreas Sticklies

Herstellung und Verlag: Books on Demand GmbH, Norderstedt
ISBN 3-8334-1381-6

Andreas Sticklies (Hg.)

Lyrik 2000 S

http://www.lyrik2000s.de

http://www.lyrikpreis.info

Beiträge aus dem
gleichnamigen Lyrikwettbewerb
2003

Inhalt

Vorwort

Odyssee – ein altes Thema ? - Vielleicht.

Die Bedeutung des Wortes „Odyssee", hat seit geraumer Zeit aber auch Einzug in den alltäglichen Sprachgebrauch gefunden und wird längst nicht mehr nur mit den Abenteuern eines Odysseus in Verbindung gebracht.

Weitgefächert sind dementsprechend auch die Schöpfungen der Autorinnen und Autoren, die an diesem Wettbewerb teilgenommen haben.

Insgesamt gingen 288 Beiträge aus Deutschland und verschiedenen anderen Ländern, wie England, Holland, Irland, Österreich, Portugal, Rumänien, Schweiz, Spanien und der Ukraine bei uns ein.

Keine leichte Aufgabe für die Jury, vor allem, weil die Qualität der Texte überwiegend auf einem hohen Niveau angesiedelt ist.

Wie verschieden man das Thema lyrisch bearbeiten kann, zeigt eine Auswahl der Gedichte, die in diesem Buch abgedruckt sind.

Andreas Sticklies

Gewinnerin des Jahres

2003

Dagrun Hintze

aus Hamburg (Deutschland)

mit

Südtirol

2.Platz

Marcus Poettler

aus Graz (Österreich)

mit

die entfernung des horizonts

3.Platz

Christoph Wenzel

aus Aachen (Deutschland)

mit

STADTTEIL

4.Platz

Bruno Mach

aus Düsseldorf (Deutschland)

mit

Heimkehr

Dagrun Hintze

Südtirol

I
Das Lächeln der Gletscher fuhr mit
Im nördlichen Nachtzug.
Es spiegelt sich hier
Im graffitimüden Blech:
Ein Berner Sennehund hopst durch den Schnee.

Das zweistündige Dunkeln
Ist heuer in hiesige Uhren gefallen.
Zeit wurde Zeit
Und bleibt schmerzfrei:
Wir haben bis zu den Sternen geschwiegen.

II
In meiner gesegneten Stadt
Herrscht niemandes Kult.
Und auch Haschkekse werden nur selten gebacken.
Wenn Du jetzt hier bist
Bist Du immer hier
Oder nie da gewesen.
Vertrauen für Vertrauen.
Ich bin besoffen und habe es nicht.

III
Ein Pflasterstein der Reise
Markiert mit Stöckelschuhn.
So was von falsch gekleidet.
Fürsorgliche Hand beklaute die Straße
Damit heute Schreiben heilen und mehr kommt als Asphalt.
Für mich. Für mich. Für mich.

Die Holzskulptur rennt los
Das Meer zu seh´n.
Dabei wird hemmungslos geprügelt:
Das Böse aus heraus.
Ein weißer Lappen Hasenfell putzt diese Fenster.
Ich sehe was.

IV
Auf 1200 Höhenmetern wird nicht geküßt.
Affairen hat man im Altbau,
wo niemand Buße tut auf Pilgerwegen.
Vertrauen für Vertrauen.
Ich lebe im Flachland
Brauche den Deich
Und habe es nicht.

V
Wie ich es hasse:
In fremden Häusern zu warten
Süßes zu frühstücken
Kalt zu duschen
Und auf Serpentinen mein Leben zu riskieren.
Wie ich es hasse:
Keine Absätze zu tragen
Nicht in fremden Sachen zu schnüffeln
Oder großstädtisch flachgelegt zu werden.

VI
Die Kneipen sind ähnlich in Lawinengefahr
Mit jedem Bier liebt man sich mehr.
Vielleicht: Gemeinschaft Geborgenheit
Sicherheit vor dem was draußen ist.
Vielleicht hält die Tür stand
Wenn man doch nicht mal das Auto abschließt.

Vertrauen für Vertrauen.

Das Lächeln der Gletscher kann ohne mich
Und die Gondel trägt das Gewicht eines Hunds.
Der Bergsee schlägt gläserne Dächer zusammen
Und Kunst gibt's überall.
Verrückte auch.

VII
Gottseidank wurde die Schreibmaschine erfunden.
Für die Notausgangstür gilt das gleiche.
Eine Mondrakete scheiterte früh.
Der Transportunternehmer ist Analphabet.
Im Kinderzimmer kiloweise Koks.
Man wendet schon mal auf der Brennerautobahn.
Stirbt an der Motorsäge beim Versicherungsbetrug.
Oder baut eine eigene Kirche.

VIII
Ich werde schweigen bis zum Smog
Und lächeln bis zum nächsten Bier.
Ich werde zwei Stunden lang dunkel werden
Und mit den Hasen zu Bett gehn.
Ich werde Pflastersteine ehren
Holz essen und meine Fenster streicheln.
Vertrauen für Vertrauen.
Ich werde Berge ins Flachland setzen
Und auf 1200 Höhenmetern überwintern
Als guter Mensch.

Marcus Poettler

die entfernung des horizonts

das vermächtnis der schatten
in meinem rücken bricht das glas
zur straße hin stürzt die sonne
eine stimme aus ihrem blick

stille
   (verlassen)
die heimat nach der ich suchte

entzunden am tag spiegelt dein bild
über dem asphalt in der hitze
das ewig wiederholte bitten:
zurückzukehren

ans blinde ende des landes
schlägt gischt

tief rauscht
ein gepfähltes meer

in gewölbten händen
   (ungesehen)

umkreist ein mond mein augenpaar
an die hohen mauern gehaftet
die einsamkeit des staubigen himmels

stille
   (verloren)
die sprache meiner erinnerungen

verschlungen vom berg rinnen lichter
herab und durch ihn hindurch
liegt in allen richtungen der tote wind
mit gebrochener zunge

entfernt ein krieg
am wortrand silhouetten
   (die namen meiner
     fremden schwester)

stille
   (ihre stille)
hitzeflüchtig
   schattenirrend

die dunkle letzte welt
ihr augenlid zittert

   (mein buchstabenkörper
   wie grauer schnee liegen geblieben)

ich bin heimgekehrt

Christoph Wenzel

STADTTEIL

der wagen
am stadtrand

hat seinen geist
aufgegeben
nun geht es

zu fuß weiter: auto-
matisch durch die zeilen
einer stadt

die keinen namen hat
und keinen braucht

ich schreibe
wenn ich gehe
und ich gehe ein

in die annalen
dieser stadt
schreibe meine initialen

in die falten
zeichen setzen
in die un-gleichung

die spur spricht
von tritten
ein abdruck

ist lesbar:
der laufschritt
als lautschrift

ich bin ein teil
der stadt
ein stadtteil

sozusagen

an den rändern
die wende:
ich kehre die straßen

und um
zum ausgang-
spunkt zurück

wieder angekommen
am beginn zum
ende am anfang

ist nichts
anders
verändert allein

der radstand
am wagen

Bruno Mach

Heimkehr

Wenig fehlt zur Nacht.
Um die Wolfsstunde
streunen die Schatten
zwischen den Häusern.
Weiter den Weg gehen,
die zwölf Stationen entlang.

Hier ist gut sein,
flüstert der alte Bettler.
Hier, im Torgang.

Wozu denn leugnen?
Man hat dich vergessen,
dich und deinen alten,
mit Lumpen umwickelten Kopf,
deine Tage unter dem Galgenbaum.

Alles löst sich auf,
die Worte, die Bilder, die Gedanken.
Nur noch von Dingen wissen
wie Regen und Wind.
Und nichts hören
als den Atem, der einströmt,
und den Atem, der ausströmt.

Bis Stille eintritt.

Ulrike Katharina Blank

Die Immerreise

An fremden Stränden gelandet,
von tosenden Stürmen angeweht.
Das Muster im Sand,
nie gekanntes erfahren,
mit der nächsten Welle verloren an Neues.

Im aufgewühlten Meer angebunden,
in Sehnsucht aufgelöst...
doch nur gelauscht, erahnt,
süße Stimmen ziehen schmerzlich, locken,
innere Bilder seliger Aufgelöstheit,
doch fest gehalten in erdigem Sein.

Schönheit in Macht bindet, Gefangenschaft
in noch nicht gelebter Erscheinung.
Jahre vergehen zur Rettung,
zum nächsten Geworfenwerden in
Schwindel und Klarheit.

Den Weg vermutend, das Ziel fern,
und doch überstolpert von wild-bizarren Ahnungen.
In manche Handgreiflichkeit verstrickt,
im Gewebe aufgelöst und neu verbunden.

Weitergeweht, gegangen, fester Schritt.
Alles in Einem und die Großartigkeit des Fallens.
Straucheln, sich verlieren und wieder auftauchen.
Weiterfühlen, zielen, verfolgen, ankommen.
Alle Wege, sie beginnen und enden, dort, zu Hause!

Verena Blecher

Hamburg

Einfahrt
durchs Tor zur Welt
Schleusen öffnen sich
Wandelhalle
einen Kaffee
gibt's nur im Stehen
dem Nordwind
beugen sich
künstliche Palmen
am Jungfernstieg
Gänsemarkt links
liegen lassen
Bürgerhäuser
hanseatisch trutzig
das Chilehaus
suche vergeblich
Teestube und Fisch
über der Speicherstadt
Kaffeeduft
Teppich Händler hier
schleichen finstre Geschichten
Kehrwiederspitze
Blick und Aufbruch
Hoffnung und Mut
Landungsbrücken
St. Pauli Reeperbahn
angeschnitten 12 Uhr
mittags ein müdes Blinken
meinem Gegenüber
traue ich nicht
Blütentreiben
die alten Geschichten
Flügel eng am Leib
finde den Michel
Bayern im Norden
stelle mich dem Strom
entgegen hier
ist kein Raum
Kanäle und Fleets
Brückenwege
Thalia Thalheimers
Woyzeck
silberner InnenWürfel
am Ende bleibt Stille
nur Stille

Epilog

Nur Stille

Wandelhalle
Schlüssel und Schließfach
eine Dose Bier
für die Reise
die ich dann
doch nicht
trinken werde
Hamburg Zürich
Entfernungen sind heute
nicht weit mein
Ziel irgendwo
in der Mitte
fallen lassen
Suche im Dunkeln
nach der Tür
mit meinem Namen
kehre heim

Jolanda Bource

odyssee

wir verlassen das land
du hantierst
mit seilen und segeln
ich halte den kurs
hinter uns die stadt versinkt:
erst die brücken
dann menschen
die bäume, türme
zuletzt die vögel

das wasser schaukelt
sanft meinen leib
hin und her reißt es
alles und rollt die dinge
übers deck
während du kämpfst
mit seilen und segeln

ach, wein gibt es auch!
wir trinken
klatschend
strömt das nass durch unsere kehlen
klatschend
wiegt das wasser unser boot

du bist
immer sehr viel stärker als ich denke
deine braunen arme kämpfen mit dem tau
würgen das salzige monster ohne angst

weit weg bist du
wenn ich meine arme ausstrecke
greife ich leer
und selbst untereinander begraben
trennen uns ozeane

um uns her ein teich
das meer

Lili van Daijk

Zwischen
Grund
und Abgrund
wacht niemand
dich zu geleiten
wohin du sollst
nach altem Ratschluss

vielfach
verschlungen
zeigt sich
der rote Faden
als Gewirr
von Sinn
und Unsinn

wieder hältst du inne
an einem beliebeigen
Kreuzweg
und suchst
die verlorene Richtung

Marion Deichert

Abenteuer

Ich muss nun fort. Ich reise ab.
Ich fahre weit, ich will hier weg.
Ich kann nicht warten. Nicht aufs Fahren.
Denn an dir scheitern meine Hände und mein Mund.
Und dieses Desinteresse
Das mich zu einer Primitiven macht
Zu einer Mutation mit Schamhaar bis zum Knie
Zu einer Hysterie, zu einer Omnivore
Zu einer Made, einer Assel
Zur Kreation des Ekels in den Hosenbeinen,
das ist die Ebbe, mit der ich
Algenschlamm an Land geworfen
hier vertrocknen soll.
Ich muss jetzt fahren
statt aufs Fahren zu warten.
Ich fahre, um nicht mehr zu warten.

Ich reise und du winkst mir nach,
winkst mir noch tagelang am Telefon.
Jetzt denkst an mein Haar im Regen.
Dir fallen Abendessen wieder ein
und Fotos wieder in die Hände.
Und nachts verändern sich die Wände.
Das ist der Punkt. Der wunde Punkt,
an dem dich dann mein Brief erreicht.
Bekannte Schwünge, jetzt in Tinte.
Und in ein schmeichelndes Papier gesogen.
Das Klima.
Die Vegetation.
Die Sprache.
Das Essen.
Die Menschen.
Dann die drei Worte, Komma, Name.

Alles ist brav und ohne Melodie.
Sätze wie Schnitte, mit dem Punkt zu Ende.
In die vertraute Stimme mischt sich Fremde.
Sie schärft die Kanten meiner Dinge im Haus.
In meinen Schubladen verbirgt sie sich vor dir.
Plötzlich misstraust du mir.
Traust mir mehr zu. Auch Ausnahmen.
Wer einen Schritt macht, geht auch hundert.
Wenn nur aus Trunkenheit. Vielleicht mit Vorsatz.
Denn diese Reise gibt mir Möglichkeiten.
Denn eine Reisende trifft Reisende.
Und du hast recht.
Es ist eine Intrige.
Denn meine Reise hat ein Ziel.
Ich fahre ab und lasse mich vermissen,
um dann für dich
ein Punkt am Horizont, ein Riese in Erinnerung zu sein.

Ich will Verdacht erregen.
Mathematik soll dich befallen.
Ich will, dass du errechnest:
Wenn meine Reise keine Strecke
von A nach B, von hier nach dort,
darin auch gar nicht B nach A enthalten,
Sondern der Weg nur eine Kurve wäre,
die sich pro Einheit um den Faktor X erweitert
doch nicht um einen Kreis zu schließen?
Die Reise ist die Addition der Variablen
zu den Konstanten,
die Unanwendbarkeit der Formel,
das Außerhalb der Menge.

In meinen Taschen könnten Dschungel,
in meinem Kopf Vulkane sein.
Ich könnte um die Berge tanzen.
Ich könnte neue Wörter lernen
und sie dem ersten sagen, der gerade bei mir ist.
Ich will für dich zu einer Viper werden,
zur schwarzen Witwe,
zum Skorpion,
zur Teufelsqualle,
zu einer Venus-Fliegenfalle,
zur Klinge der Koralle.

Ich ahne schon, wie ich zurückkomme.
Ich sehe besser aus.
Die Reise steht mir gut.
Sie war wohl wirklich nötig.
Ja, allerdings, drohe ich dir.
Du räusperst dich, du möchtest mein Gepäck mir tragen
Du möchtest mich nach all den Nächten fragen
Du wagst es nicht, nur meinen Mantel zu berühren,
aus Angst, die Ferne noch darin zu spüren.
Du bleibst ganz stumm.
Du fühlst dich dumm,
hältst mir die Tür.
Dann zeigst du mir
im Kofferraum
den Liebesbaum.
Du zögerst, bis ich eingestiegen bin.
Ich bin ich bin ich bin die Königin!

Aber ich bin doch nur im Zug zurück.
Ich bin ich bin ich bin nur eingeschlafen.
Wie bin ich doch die Sklavin des Effekts.
Ich hoffe nur, in eine andere Person zu reisen
um endlich das zu werden,
von dem ich glaube, dass du annimmst, wie ich sei.
Und wenn doch nur der Augenblick der Wiederkehr
nur eine Stunde wieder so wie früher,
wenn ich nicht deine Alte,
stattdessen wieder ganz die Alte wär?
Und zwar die Neue, die ich damals war?
Ich will ja gar nicht dich,
ich will ja mich verlassen!

Es sei denn, und hier wird mir klamm,
es sei denn, die Verwandlung ist nicht möglich.
Nicht, weil ich alt und festgefahren,
nein schlimmer, stelle ich mir vor,
weil es gar keine Regel und nichts festes gibt.
Nimm an, es gäbe den Charakter gar nicht,
er wäre nie erfunden
weil einerseits er Unschuld möglich macht
und andererseits die Einzigartigkeit.
Was wäre denn, wenn alle wüssten,
das kein Charakter und kein Naturell,
keine Persönlichkeit, kein Temperament
für ihre Fehler die Verantwortung ergreift?
Wenn alles an mir, jede Tat jede Sekunde,
beliebig und von meinem Willen nur bestimmt
von keinem Gott ein Schicksal vorgegeben
von keinem Gen ein körperliches Leben
von keinem Geist die Richtung der Gedanken?
Wie soll ich denn etwas bestimmtes werden,
wenn ich gleichzeitig ja schon alles bin?
Und wenn ich mich nicht fassen kann,
wie sollte ich mich modellieren?
Wie mich lösen,
wenn ich gar nicht fest bin?

Ja, das ist das Geheimnis:
Dass vom Zuviel der Möglichkeiten
man mittels Schranken sich Erleichterung verschafft.
Die Welt ist nur so groß wie ein Kopf.
Ich war nie wer und werde niemand werden.
Und jeder Reise Ende ist der Tod.
Zu diesem Ziel bin ich mit allen unterwegs.
Und so vom Wege abgekommen
sehe ich zum ersten Mal nach draußen.
Und schreibe meinen ersten Reisebericht:
Es schnellt vor meinem Fenster
eine Wiese wie ein Fluss vorbei.

Dominik Dombrowski

Bonner Odysseen

Meinen Sie, es hat Sie als ersten an diesen Tresen geschwemmt?
Wo das Wachs der Nacht schon aus Ihren Ohren quillt, es sei
Auch für Sie nochmals das Haar gekämmt, die Saiten gestimmt,
Die Gläser gefüllt. Ein wenig hat die Odyssee des Wartens
Ein Ende, der Mythenconcierge wärmen Sie vorübergehend die
Lende – sie entfesselt Ihnen dafür den Mast mit tausend Zungen,
Denn es gibt keinen passenderen Ort für Beerdigungen als hier
In unserer Stadt! Ist doch weit und breit dem rheinischen Bonn
Am besten gelungen, nur so zu strotzen von Vergänglichkeit.
Wir haben eine so große Erfahrung im Hinterhertrauern, für uns
Ist es Offenbarung, wir haben da nicht wenig den Mythos
Fortkultiviert, schon kaum zu glauben, wie es uns ziert, daß einst
Der junge Beethoven, unser größter Sohn, für einigen besseren
Lohn nach Österreich verschwand ohne jeglichen Ton. Doch wir
Schufen ihm ungerührt ein riesiges Denkmal auf den Münsterplatz,
Hier ließen wir ihn schon mal, unseren Titan, brav nach Wien
Rüberblicken. Und der grüne grantige Kopf – ohne zu nicken –
Ist seitdem ein Mekka für Taubenscheiße. Doch der Symphoniker
Rangiert trotz dieser Reise ohne Wiederkehr bei der Benennung
Von Straßen und Gebäuden weit vorn. Dagegen gibt es nur eine
Nietschestraße. Im Neubaugebiet Heiderhof, denn der Philosoph
Ging im Zorn! Nach halbjährigem Studentenschwof hatte er den
Schnauzer voll und nach einigem Clou beendete auch er sein
Rheinisches Rendezvous. Legendär, ein bißchen im schiefen Lichte,
Wurde eigentlich nur sein böser – aber für die Philosophiegeschichte
Mittlerweile schon fast religiöser – Puffbesuch in Köln. Diese mehr
Oder weniger grandiose, wenn nicht gar erfundene wie auch
Hoffnungslose Episode vom Einfahren des späteren Turiners
In eine Kölner Nutte mit Hilfe eines teuflischen Dieners, gab dann
Anlaß zur Schwulenforschung – es helfen ja gegen jegliche
Vermorschung der Unsterblichkeit am ehesten solche Audienzen,
Nämlich das Erfinden delikater sexueller Turbulenzen. Sie weiten
Da mit einiger Germanistenlist immer dort die Grenzen, wo das meiste
Schon zigmal gesagt worden ist! Kann man aber sogar als sexuell
Andersrum glänzen, Ist man schon wieder wer! – Egal, egal

Alle Bücher, wie wahr, wie schwer, wie bieder, können dann
Glücklicherweise wieder umgeschrieben werden – und auch dieser
Wanderer verließ mich für ein Leipziger Zimmer, aber es kam
Zuverlässig immer ein Anderer zur Bonner Odyssee in die geschriebene
Hauptstadt, - Was meinen Sie? Das Nest scheint hetero, wenn nicht
Glatt impotent zu sein, denn als knötterige Funkenmarie – wie ein Brett
Liegt es da, ein frigides Mauerblümchen, neben Köln im rheinischen Bett,
Dessen Dom – unerreicht - als ewiger Dauerständer die Beziehung
Sozusagen unterstreicht! Nehmen Sie noch Thomas Mann, den Dichter,
Der die Nuttenpleite des schüchternen Allesvernichters Seite für
Seite einst literarisch dämonisierte im *Faustus*, gesegnet vom
Philosophischen Ausschuß wurde er unser Ehrendoktorant,
Aber diese Würde wurde ihm von den Nazis wieder aberkannt. Doch das
Waren die Nazis ohne Kunstverstand! Die Bonner nicht! Die erkannten
Sie ihm schlicht wieder an in der Postbräune, als es keine Nazis mehr
Gab im Land. Entschuldigend wurde darum im Nachhinein eine Straße
- Sogar mitten im Zentrum! – Sogar mit Straßenbahnschienen!!
Nach dem ewigen Exilanten benannt. Bleibt der Musiker Schumann, immerhin,
Der machte hier Schluß. Wenn auch nicht gerade bei Sinnen, wie man
Zugeben muß! Mit zerrüttetem Geist, sagen wir, pilgerte der jeden Nachmittag
Zwischen drei und vier, claralos von Wärtern begleitet, wacker von
Der Endenicher Irreneremitage über Feld und Acker zum Beethovendenkmal
Hin und zurück. Seitdem haben wir doch noch zum Glück eine kapitale
Promi-Leiche auf dem alten Friedhofsareal ; doch auch Charlotte Schiller
Genießt hier Ruhe satt, deren Gatte das Bett der Ewigkeit – Bett *und* Denkmal! –
In Weimar mit dem olympischen Frankfurter zu teilen hat! Die Bonner dankten
Schumann seine umnachtete Ortsansässigkeit mit Dutzenden von Straßen,
Ja sogar dem Robert-Schumann-Haus! Den Straßenrekord aber hält der
Rhöndorfer Adenauer für alle Zeit. Dem schien es auch fast zu gelingen,
Für die Stadt ein wenig über den Mythos hinaus den Hauptstadtstatus,
Bevor sie ihn beerdigten, der „BRD", zu erzwingen, wo die Politiker dann wie
Tausend Irrende sich fern der Metropolen verfingen, Schlips-und-Kragen-
Odysseuse verschroben, enthimmelt aus ihren Hubschraubern gehoben,
Kamen sie über das Siebengebirge eingesiedelt, wo es von Ruinen nur so
Wimmelt: *Drachenfels, Löwenburg, Drachenburg, Godesburg!* Allesamt
Auf die Höhen des Rheins hingeflegelt wie Akne auf Beethoven. Draußen
Am Gestade dieser Stadt würde man auch Sie gern an dies Hotel Kalypso
Knüpfen, denn die Politikerhubschrauber durchschnüren schon lang
Nicht mehr wie Rheingoldouvertüren unsere verschlungenen

Nibelungenwege: *Rüdigerstraße, Gernotstraße, Hagenstraße,*
Siegfriedstraße, Brünnhildstraße! Im Ernst, da kam man sich beim
Irrefahren schon fast in Gehege! Flog auf Adenauerhäuser, Beethovenalleen,
Petersberg, den Presseball. Es war ein in tausend Glühlampen erstrahlendes
Westwalhall von Außenministern und Innenministern und Lesben, wo man
Über die Zukunft all unserer branchenfesten, aktenkofferschwingenden
Siegfriede und Sieglinden zu beraten hatte, die jenseits der „Bannmeile" –
Und noch nicht „Unter den Linden" – auf den Barhockern tapfer ihre inneren
Schweinehunde von Liebeskummer besiegten, und zwischen den Walkmen-
Knorpeln für manche Sekunde schließlich die Sirenen verstanden, die sangen
Allezeit verhängnisbereit: *Kiss me between the Milky- Twilight,* wenn nachts
Nach Hause torkelten die Bürger im Bann der versteinerten Träume, und sich
Erkannten am Klang der Spätnachrichten, neuerdings Kevins und Maiks
Jennifers und Rayks für Bits und Bytes, aber zuallererst vorbeugend die
Telekomzentrale zum Wohle des ewigen Ithaka, zeugend, und müde Kalypso –
Schöngelockt auf dem vernebelten Petersberg jetzt -, da alles global zu
Heimischen virtuellen Fluren vernetzt, sogar noch sah, wie einige
Halbblinde bettelnde Greise zuletzt Afghanistan improvisierten auf ihrer ersten
Langen Reise ...

Xenia Erdmann-Nomikos

Stör-Fall

Am See bleibt abends, sechs Uhr zehn,
eine Wodkapulle stehn.
Ein Schwan, der mitten in der Balz,
trinkt ex sie – mit erhobenem Hals;

flitzt kreischend und wie eine Klette,
mit Wassersportlern um die Wette
und wirbelt dann, breit lächelnd, Beat –
bis er im Mondschein, schwänisch müd,
in einem Hühnerstall verirrt,
lallt, einschläft; - plötzlich tierisch girrt,
riechend, im Dunkeln aufgewacht:
Haut – eines Körpers Nachbarschaft !
Und tief im häutigen Vergnügen
fühlt er ein Huhn sich unterliegen.

Bald wird, dank dieser wüsten Nacht,
ein neues Tier zur Welt gebracht.
Als es den Hahn-Herrn überragt,
wird es vom Hühnerhof verjagt
und flieht halbtot zum See hinaus.
Hier stoßen es die Schwäne aus.
In keinen Teichen, keinen Gossen
trifft es auf ähnliche Genossen.
Vor allem sprengt es jede Norm
durch ungewohnte Geistesform:
Ist nicht wie Schwäne ein Asket,
der auf Esoterik steht,
nur in Harmonien kräht
und profane Lüste schmäht;
ist auch nicht spießig wie das Huhn,
dem nur picken opportun.

„Warum", schwant ihm, „bin ich geboren
in dieser Welt voll Aggressoren ?
Und ist das fair: Ein Etwas wird,
weil zweie nachts verwirrt geirrt ?
WER bin ich denn –
kein Schwan – kein Huhn - ?"
Er-findet so den Namen SCHWUN.

Erst träumt er von der großen Wende:
dem Liebesleben, das er fände.
Doch je – mit ihm mag keine vögeln,
diesen Schandfleck gar gern mögeln !
Sehn doch Schwänin und Frau Huhn:
„Jede Brut mit DEM wird Schwun !"
Hier friert er,
hier will er nicht bleiben.

Er beschließt,
sich zu entleiben:
flattert vom Felsen
in die Flut.
Unterzugehen
fehlts an Mut.
„Wen könnt´ ich bitten,
mich zu töten ?"
Das läßt die Federn
scheu erröten.

Den Pfarrer zupft er flehendlich:
„Mildtätger Mann, erschlage mich !
Gib mein Fleisch dem Hungerleider
oder kauf ihm dafür Kleider !"
„Opferung", nickt sanft der Pfaffe,
„ädel isch sä un rächtschaffe.
Blosch: Dä Gott, durch dän äsch rächnet,
hat Baschtárde nät gesächnet !
Weg da, sonst spärre mä dich ein !"

Am Horizont erscheint ein Schwein.
„Wie gut, hör zu, du starkes Vieh:
Friß mich als 'Cotelette folie' !
Hast ja einen guten Magen,
könntest mich sogar vertragen !"
„Klar, Fressen – immer ! Stets bereit !
Zum Schlachten aber keine Zeit !
Kill dich selber – vorher nein !
Nachher gerne !", grunzt das Schwein.

„Gott, es will mir nichts gelingen –
kein Heldentod, kein Schwanensingen!
Kannst DU mir nicht Mitleid spenden
und das Umwelt-Sterben senden?"
Und wie ein großes Jeh-was-nun
schwimmt in den grauen Fluß der Schwun.

„Ick war nich wachsam, schäme mir!"
Hört er dort Gottes Baß?
„Flieg doch mit mir,
als weißes Tier,
wir vögeln mit dem Spaß!
Wir pfeifen auf die Drachen,
ermutigen die Schwachen,
und freien unser Lachen.
Das kosmische Gebäude
entstaubt der Kuss der Freude.

Es schüttelt ihn bis in die Schwingen.
Mit einem Mal hört Schwun sich singen.

Hajo Fickus

Penelope

nun sitzt du da
schaust aufs meer hinaus
nach zwanzig jahren zurück gekehrt
ein alter mann

warum kamst du wieder
ich hatte mich im warten eingerichtet
vermisste schon lange nichts mehr
deine klugheit nicht
deine küsse nicht
auch nicht deine achtlosen umarmungen
als letztes hatte ich dein lächeln vergessen

und als du dann zurück kamst
hatten die alten
vertraulichkeiten
längst aufgehört
vertraut zu sein

du hättest früher kommen sollen
als mein warten noch kein ritual war

Gerald Fiebig

kopfodyssee, provinz (kissing-bad neustadt a.d. saale)

thorsten singt: feel like a kissing doll i feel so free
and me i feel like a pissing doll ich fühl mich so voll
im jammertal der puppenkiste urhell aus dem eis
mit abgeschlagenem hals wie flasche bier

lummerland ist abgebrannt & hier herrscht das packeis
don´t eat the yellow snow ist kein bier
sondern die stadt der käthe-kruse-puppen
hubschrauberstadt europas hardcorepunk im juz

gleich neben eurocopter stadttheater *theatre of war*
theatre of operations naturtheater von oklahoma
die meisten hinrichtungen & die größte bombenfabrik

jüdische friedhöfe aufgelassen überwuchert
shanty-town-hütten am rande von kleinstädten
sportstudio POSE DOWN eine kneipe namens RAMPE
mcdonalds & zerfasertes gewerbegebiet

die TV-GASTSTÄTTE am sportplatz die gründerzeitvillen
die turmlose gotische kirche & RAUCHEN VERBOTEN
in fraktur auf den sandstein der rampe des bahnhofs
gemalt gegenüber dem siemens-elektromotorenwerk

NASH_ELMO INDUSTRIES GMBH auf einer sonnigen bank
laster voll schrott fahren alte drehstühle rein
bahnhofsgaststätte neu zu verpachten chinesenfamilien
mit kindern auf ballonfahrrädern sitzen im warmen

gegenüber die toten schweine im schlachthaus von oberwaldbehrungen
das die rückseite vom ballongeschmückten gemeindehaus ist
der schwarze hund legt seinen kopf auf meinen kibbuzschlafsack
ringsherum alles katholisch BRIEFTAUBENTRANSPORTGEMEINSCHAFT

pit sagt: hier unten diese glasglocke im zonenrandgebiet
kam in den 60ern alles aus wildflecken von den amerikanern
die musik das dope was heißt hier provinz das war wie kaiserstraße
königsweg freedom road weder rocket to ruin noch roadkill from russia

es muss mehr gute orte geben zwischen hier & dem city lights bookshop
als rampen zwischen los alamos & auschwitz von sponsoren bezahlt
der rausch von dem wir reden ist der des wassers das sich seinen weg bahnt
eure kaltwasserversuche werden nichts nützen auf meinem gesicht

seht ihr nicht tränen sondern morgentau & einen plan der nicht euch gehört

nach Peter Engstler und Thorsten Propeller

Jürgen Flenker

rauch, zeichen (ein abgesang)

I
komm großer gott mir doch jetzt nicht mit so was der weg ist das ziel
auf straßen die mühsam wie stumpfe klingen das land durchtrennen
gleitest du müde vom tanz auf messers schneide dahin
der weg ist so gut ist so schlecht wie das ziel und wem sollst du traun
den billigen drinks den pochenden narben die dir den schädel
zudröhnen *sex on the beach* während im brei der jahre
das hirn allmählich versandet

II
sagenhaft lange her das alles nur noch flüchtig
regt sich so etwas wie sehnsucht manchmal zu tiefroter stunde
wenn der tag langsam ausblutet über dem meer
weit entfernt im ohr das ewig blecherne rauschen
wähnst du sirenengesäusel im schwall von diesel und teer
erinnerung vom munde abgespart ein williges opfer
in dieser blutarmen zeit

III
später am *roadstop* der kaffee ist dünn wie die beine der kellnerin
der überaus blonden die aussieht als wäre sie schön und wild
lederstiefel trägt sie von ihrer nähe gebannt
hocken an rohen tischen die anderen wie über trögen
wunschlos gebeugt ihr schmatzen meint heimat aus turmhohen burgern
quatscht die brockige soße vielsagend wie das gekröse
von fischen die wussten es längst

IV
heimat sag nicht du weißt wie das schmeckt hier wartet niemand
am tisch vor dampfenden schüsseln gefräßig liegt in der luft
die furchtbare stille der flammen und immer riecht es nach brand
ausgeglühtes gelände baumstümpfe tragen säulen
aus rauch schweine stöbern in asche die hunde schlafen
wer leckt dir das salz von der kehle den schorf von den rissigen händen
die zuviel begriffen haben

Anja Gerstberger

Körperwelten

Sehnsüchtige Körper
starten per pedes.
Erniedrigt
durch zermürbende Verfolgung
und fehlenden Perspektiven
weitab vom Paradies.
Quälender Hunger
schielt nach oben.
Verträumte Verlierer
suchen
Schlupflöcher. Europa lacht.

Verkaufte Körper
kauern im Kleinbus.
Überzeugt
dank siegreicher Vorbilder
und gefürchteter Schleuser
vom fairen Geschäft.
Tröstende Freude
lässt ertragen.
Weibliche Ware
ernährt
die Daheimgebliebenen.

Leblose Körper
trauten Nussschalen.
Geborgen
am rettenden Ufer
als lästiges Strandgut
statt im neuen Leben.
Zerschellte Hoffnung
schreckt keinen ab.
Scheiternde Seelen
wandern
in kalte Statistiken.

Glückliche Körper
suchen Drahtesel.
Untergetaucht
in vernetzte Schattenwelten
und die Sicherheit
willkommener Hilfsarbeiter.
Ständige Angst
begleitet sie.
Impertinente Illegale
schlagen
Schengenstaaten ein Schnippchen.

Abgelehnte Körper
besteigen Flieger.
Abgeschoben
von instruierten Apparaten
als bloße Wirtschaftsflüchtlinge
in effektiven Ritualen.
Verpasste Chance
schmerzt, schult und lockt.
Fordernde Fremde
müssen
zurück auf Los. Spielerpech.

Unbeugsame Körper
laufen wieder los.
Entschlossen
trotz abgeschmetterter Anträge
und vorenthaltener Papiere
beim ersten Versuch.
Brennende Träume
bohren weiter.
Zähe Zweitstarter
wissen:
Europa lacht immer noch.

GANGBAR

Wenn Du angekommen bist,
sag mir, wie es weiter geht.
Ich biege Dir Kurven,
wenn Dir der Weg zu gerade.
Ich stampfe Dir Täler,
wenn Du das Hochland satt hast.

Wenn Du weitergehst,
sag mir, welche Richtung Du nimmst.
Ich kreuze Gefahr rot an,
wenn Du zu Boden blickst.
Und hänge Sterne tiefer,
wenn es dunkel wird.

Wenn Du zögerst,
sag mir, wann es weiter geht.
Ich halte die Welt an,
wenn Du müde bist.
Und falte Dir Träume,
wenn Du Schlaf brauchst.

Wenn Du rückwärts gehst,
kannst Du in meinen Augen sehen,
wann Du wenden musst.
Und wenn Du im Kreis läufst,
schwindel ich für Dich.

Aber – sag niemals,
dass Du stehen bleibst.
Dann kann ich nichts tun
für Deinen Lebensweg!
Außer zu gehen!

Knut Gerwers

dunkel [+ im voraus] zu geniessen

im anfang war das wort aus dem licht geschlagen +
WAS DAS LICHT ERFORDERT ist dunkles zu sagen
JETZT im jenseits der moden   der finsternis
wo die gewohnheit so gewoehnlich wie toedlich ist
da jedes wort sich eine wunde
aus erkenntnis verspricht

schlaegst du auf   deine augen +
siehst auf dem brett vorm himmel geschrieben
sie befinden sich HIER
hier im   JAHRHUNDERT DER INFORMATIONEN
und JETZT sehen sie nach oben
ins Neue Licht +
sie sehen die hoelle von unten angewachsen

[ihr Ist-Zustand eruebrigt sich]
die Hoelle [ ] ein Siegel des Himmels
dazwischen die Erde
ein bewohnter Klumpen Dreck
und wir muessen ihn reinigen
das ist der zweck
den unsere mittel heiligen
von uns zuerst auf dem weg zum NEUEN
mein freund + mein bruder
jetzt gilt es   wie nie
der gefahr die wir sind   ins weisse vom auge
                         des anderen zu sehen
IM SPIEGEL DAS FEINDBILD
es sagt zu dir
Welcome to Hell
No Pity Here
DAS IST DER HIMMEL
der unseren abgrund traegt

dann siehst du wie dort oben Bruce Willis erscheint
DER KAMPF FUER DIE ZUKUNFT IST EIN KRIEG IM SPIEGEL
das ist's, Schweinebacke, das Bruce der jetztzeit
in die hoerrohre schreit
+ mit dem horizont verendet deine alte zeit
ja mann - der kampf fuer die zukunft ist ein krieg in den spiegeln
hinter deinen lidern   steht angeschrieben
schau endlich hinein

dein blick in den spiegel der das zungenfleisch loest
aus deinem alten dunkel
der weg in das neue   ins Neue Licht   das
- die zungen aller experten beschwoeren es -
die strahlende zukunft des menschen ist

die zukunft ist eine larve im licht deines traums
ist der weg in die Schwaerze des Weltraums
„Dunkel, Genossen, ist der Weltraum. Sehr dunkel"
- sagte Gargarin -
und dunkler ist nur der weg dorthin

+ vielleicht wird bei der ankunft unserer Neuen Nachfahren
eine nachricht aus licht vor ihnen stehen -
aus worten die nicht warten auf ihr vergehen
und aus dem licht dieses displays
wird jenes ortes - ihrer neuen heimat - name stehen

WELCOME TO HERE
NO PITY IN HELL
der himmel ueber uns
liegt begraben
auf [...]
this information
was unknown to us
?
was gewusst war
war sichtbar
begraben in offenen
          [+ in toten]
weit geschlossenen augen

Tobias Grimbacher

zerbrechlich

Ein Traum
dort im Waldlaub
spazieren gegangen

gescherzt mit den Schatten
hochgewirbelt die Blätter
wie Träume das zu tun pflegen

aber dann, des Nachts
stolpere ich doch
stolpere und falle und ängste und

ein leiser Schauder
in die tägliche Zerbrechlichkeit
des miteinander Lebens

Christian Hartung

Ballade von der letzten Ausfahrt

Nicht diese, diese noch nicht
lehn dich zurück, es ist noch Zeit

Auch diese nicht, du siehst doch:
die Ortsnamen hier, die stimmen doch gar nicht

Nein, noch nicht, nein, wir sind noch nicht so weit
es müsste noch ein gutes Stück sein

Die war es auch nicht, nein
doch langsam frage ich mich

Jetzt sind wir wirklich zu weit
pass auf: die nächste fahr ich raus und drehe um

Hier kommt keine mehr, das verstehe
ich wirklich nicht, wirklich keine mehr

Also, jetzt wird's mir zu dumm, wie lange soll das noch gehen
ja, ich weiß, ich hätte – pass auf: die nächste

der Tank, ja, das weiß ich, was soll ich den tun
es muss doch aber muss doch eine nur noch eine muss doch noch

Nein, außer uns keiner, schon seit Stunden nicht, keiner
mehr weiß ich doch auch nicht, versteh ich nicht

Der ist doch schon seit Stunden leer
was weiß ich, wir rollen eben

Weiß doch auch nicht, aber was

Vera Henkel

Es verliebten
sich unsterblich der
Einarmige und der König.
Sie füllten Wein in die Kelche
und suchten sich
nachts, wenn das Volk
seinen Frieden
fand.

Tags regierte die
Welt. Der Einarmige
grüsste von Weitem, der
Hof grinste, die Tauben
turtelten auffallend
oft.

Im Traum
schritt der Einarmige über
stoppelige Felder, an seiner Seite
der König erhob die Brust
gegen den Wind. Das
Vergessen hatte Gestalt, es
schluchzte in einem
Korb. Die Königin fluchte, der
Mond gebar ein
schweigendes Kind.

Am Morgen
sammelte der Einarmige
die Katzen, zerzauste
sein Herz und
ging.

Mareike M. Hesse

IRRTRACHT

I
Unterm Wandelmond
am Wasserfall
botst du vom Magma kochend noch
mir friendly fire deines Fischzugs
Ichthyolith im Glutenkescher

aus deiner Hand im Feuer
fing ich dir lebend zu Gefallen
den Salamander zeugend
von Erdkernbrand und Gletschermilch

im Tümpel tief verschwamm die Nymphe mit Neck
mich gründelnd ins Gehege vernarrtest du
Libellenhüter auf der Trauerweide
.
.
.
Herzlöffel im Flammenpfuhl

II
nach der Maienneige
drunten stawberry fields
schlug ich das Rad hintüber mich
kielholend im Spagat den Federfächer
schrieb ich auf jede Fahne das dritte Auge

so holte ich die Vögel dir aus allen Himmeln
auf Erden fiel mein Manna Ich in deinen Schoss
den rara avis ab der singend springend
ins Erdbeben fällt forever irdisch tönernd

du deutetest aus Flug und Zug der Wanderwunde
Riss auf und ab fiel Vogels seismisches Geflatter
im Herd geerdet prall von Pfau zu Pute
.
.
.
Rührmichnichtan beinfrei in Grätsche

III
um die Hundstage
nach der Blumenuhr
schattete wuchernd Goldrute Stockrose
loh in den Lichtern standen mir
Tränendes Herz an Brennender Liebe

deine Sonnenbraut trieb aus
der Decke schlugst du mich Allerleirauh
rotundgrün erblindet an kurze Bande
da lag der Junge Hund begraben

du gingst mir unter
Haut und Haar trug ich für
deinen Pappenstiel zu Markte
.
.
Jungfer im Grünen bei Fuss

IV
vor dem Fadensommer
zum Richtefest
holtest du mich heim
suchend schwoll mir Sehnen
Jahresringe um den Stumpf

du nahmst mich auf
dem First schlug ich die Luftsprungwurzel
und mich webtest du
den Mooskokon ins Flechtennetz

als ich dir schlief lag unterm
Wimpernstoss dir als Pupille
ins offene Visier blicklos gesponnen
.
.
Hauswurz auf dem Gipfelpunkt

V
zur Tagundnachtgleiche
unterm Wetterbaum
ging mein Kind im Hand um Drehwuchs auf
das Herz im Kahlschlag stolpernd
erblühte mich als Zeitraffer dein Blitz

ich sog deinen Saft aus Tollkirsche und Bilsenkraut
bandst du mir mit Fruchtknoten die Reiserrute
kehrte mich back to the roots in einem Ritt
auf mir durchwirkst du mich von dir besessen

so mixed up trug mich mein Flügel
gestutzt von dir an Krücken
auf und verstockt davon
.
.
Taumelloch am Zauberstab

VI
nach dem Nebelung
überm Schluchtengrund
greinte gell das Totgeschwiegene
im Walde als ich es erbrach
lag ich entgrenzt in Pans Exklave

weh geknechtet von den Wirren
der Dryaden prickte ich aquatisch
wo der Ahorn spitz gedieh
und derb verwuchs mit Birkentrieb

gebar verfrühten Tod zu Gold
als Gräber hob im Schlick ich taufrisch
mein Kindbett aus der Höhlenangst
.
.
statt Knabenkraut Narzisse

VII
zwischen den Jahren
unter Normalnull
amputiere ich das welke Bruderherz mir
bluthoch aus dem Zwillingszopf und fechte
den Strauss aus wilden Blumenembryonen jung

durch ihren Sprachkeim stammle
ich einsam her atomisiert im Stupor
ich gebe dir Schabab den Korb
schilfernd mit Kindspech abgedichtet

so ruht darin mein letzter Fetisch
ich zog ihn aus dem Wasser
ich schneide gut ab
.
.
.
Schachtelhalm am Kreuzweg

Wilhelm Homann

Helden

Kein Freudentaumel mehr
im schwarzen Rauch
und Asche auf der tauben Zunge.
Die Augen blind von dem,
was sie gesehen.

Die Kiele unsrer Schiffe
zogen blutig ihre Spuren
hinaus ins Meer.
Zurück zu Frau und Kind und Freunden,
die uns erwarteten als Helden.

Mit dieser Schuld
an unsren Händen ?
Wir änderten den Kurs.
An fremder Küste
suchten wir den Schlaf.

Nicht Tag, nicht Nacht
die fremden Klingen spüren
am eignen Hals.
Nicht eigne Klingen stoßen
in fremde Leiber.

Allmählich zogen unsre Ängste fort
als graue Nebel.
Dann endlich keine Tränen mehr,
und von den Augen
wich das Rot.

Zehn Jahre Krieg mit Schwertern,
zehn Jahre Kampf mit Träumen.
Geblähte Segel zogen uns nun in die Heimat,
in der man träumte von der Rückkehr
ihrer Helden.

Und dann erschufen wir
die bösen Mächte, Ungeheuer,
Stürme, Klippen,
die uns so lang gehindert hatten,
vom Schlachtfeld heimzukehren.

Wer wollte schon von Schlächtern hören,
die einst voll Blut und dann voll Tränen waren?
Und so erzählten wir daheim Geschichten,
die ihnen ihre Träume ließen
von stolzen Helden.

Sylvia John

der lange arm   oder   schneller als licht

darf ich meinen arm um dich legen?
fragte der mann am ende des armes,
vielleicht doch nur gedankenlos.
(sie waren doch getrennt)
was ging in ihm vor, im mann am ende des armes,
(den sie um alles liebte, gott, was hätte sie getan.).

...da hängt dieser arm an dem mann
(und an ihr dran)
und schon ist sie eingearmt
vom einstigen mann,
mit dem mächtig schweren arm.
ist verwickelt zwischen
damalsarm und jetztarm
betäubt vom schweren ast
der eindringlichen kralle
und sepia, als tintenfisch, so wässert sie dahin...
(wenn man´s bloß abschließen könnte, wie eine
tür und dann den schlüssel verlieren...)
da bringt dieser pfeil sie zu fall,
daß sie schlickert.
(innerliches winden um den angelhaken
oder die effizienz der zerstörung)
da ist er wieder, blindd-arm mit torett –syndrom
dann ist er weg
dann wieder da.

laß mich doch endlich los,
wenn du mich schon losgelassen hast und !
lege keinen arm um mich, schreits in der frau
treppauf,
das licht hört auf
die luft bleibt stehn,
und der verfluchte arm verspricht,
zerquetscht
zwischen zwei lächelnden fingern,
eigene worte,
wie geklautes obst
der lügenarm für eine stunde liebesarm
ihr eine galaxie erschuf

(einatmen)
und mit dem arm aushieb,
(ausatmen)
austrieb, gen null,
sie selbst
sich unter diesem armbetrug begrub
dem todesarm
(..gelegentlich will sie ihm die knochen brechen...)
der arm am armen mann
der mit der anderen frau, der neuen im arm,
(in the fresh springs),
in beider straße
einbog,
in das, was er einst heilig sprach,
die erste heimat
hier und jetzt einbrach,
mit leichten flügeln längst vor dem haus,
(wenn die vögel verstummen
und der wind stockt)
da überlagert sich etwas !!

da flogen ihr die wolken um die ohren
da stürzte es treppab mit ihr
das unvermeidliche
hunderte geschosse,
feuern runter
gierige harpunen,
mitten ins herz,
feuert!
auf
abwärts-manöver-antworten,
sprungfedern seitlich ausweichbereite blitzableiter,
da im brennpunkt beider blickachsen,
ist eis
unter den lidern er,
ein ozean schlechten gewissens,
angeschlagene beutemuster, denkt er sich zu hilfe eilend,
aber, nein, denkt er, so denk ich nicht,
und legt den kopf dabei schräg.
da wühlt sich ein gewürm aus ihrem schädel,
meint er,
das ist alt und nur in ihrem kopf,
wozu? denkt er,
es wäre leicht.
frischer wind muß her.
es wäre viel einfacher für sie, wenn sie...

das wühlt in ihr
sie wühlt sich tot
daß muß nicht sein.
dann aber auch:
das ist bei ihr,
nicht hier, bei mir,
das kann nicht sein,
nicht ich,
ich nicht,
vorbei
ist vorbei,
sagt er zu sich,
und sein so anderes ich,
das weitwinklig sich ausdehnt, wie der wald,
oder im genuß einer immerwährenden flut begriffen,
die er selbst ist
da ist er sich treu, geht seinen weg,
vielsprachiger sprünge
entfesselt, weitab der komödien
(ihr pathos ist ihm ein dorn im auge)
und tief ist sein atem über die bäume hinweg, ein satellit empfängt
mit offenen armen
mit offenen wunden,
die sterne klar im genick,
im dunkeln auf sich gerichtet.

und weiter,
als er
mit neuem ziel am arm
in freier landschaft voransteuert,
wird sie,
die alte frau,
gebannt an den innenraum des einstigen paarlagers,
nun zeugin ihrer eigenen gewesenen person,
gewesen sein,
indem sie z.b. den plötzlichen phantomschmerz des
fehlenden armes fühlt,
mit dem arm jedenfalls um die andere frau gewickelt,
konstruiert er sich neu und führt ihr, der neuen frau vor,
was er mal hatte;

die vielen arme......
regulieren von da unten, nach altoben, je nach betrachtungswinkel,
ein rückwärtsvorwärts hantieren, oder was immer.
jedenfalls vor ihm, gleichzeitig hinter ihm, aus der ferne also,
ist der gewesene besitz, auch ein ergreifen,
und er sagt vielleicht,

ja, das war mein leben damals, und sieht sie am fenster stehen,
ganz nahaufnahme, vergrößert, im passepartout,
als hätte er sie selbst hineingesetzt, in illuminiertes wohnspot oberlicht,
er, der magier.

der zuordnung wegen,
muß sie jetzt am fenster, ihrem platz stehen,
um die damalige rolle einzunehmen,
und auch sie sieht sich durch seine blicke hindurch am fenster stehend
                                                    verdoppelt,
doppelt gebrochen,
durch das prisma des glases,
irgendwie einer unwirklichen intarsie gleich,
der eigenen narration entlaufen
und zum anderen ausgeliefert, durch seinen neuen filter
und gewissermaßen bewältigt, ausgesetzt fremden betrachtungen,
ihren eigenen projektiven unterstellungen,
der möglichkeit von wissen und urteilen,
die über sie hinweggeschoben werden könnten
(wie stigmen und kainsmale sich schon in ihre stirn bohren, hört sie später
                                                    gesagtes, hört das
echo der anderen),
hört sich bereits dagegen wehren...

aus dem leben gerufen,
ich,
denkt sie und
da unten,
da ist das leben, denkt sie

und
kehrt zurück
zum zustand des betrachtens,
wie er sich im vorüberlaufen
den knospenden bäumen zugewendet hat,
(an dem sie nicht mehr teil hat, und ausgeklammert ist)
nebenbei,
so außerhalb des schachbrettes
in hintere reihen gestellt worden zu sein,
spürt sie ihr sein, plötzlich als weggewischt.
und sie verliert sich weit hinaus
marginalie im bodenfrost
weiter noch
als eben,
verdunstend der körper
in eine vielzahl
atomisierter ichs.

paradoxerweise gesellt sich neben diese empfindung
eine andere, milderung zuführende,
die resultierend aus der idiotie des ereignisses,
vorauseilender und rückwärtiger gleichzeitigkeit
des asynchron-arrangements,
eine ungeahnte komik zum vorschein bringt,
oder war es nicht ein
versuchtes lachen, daß da eben vorbeihuschte
am zaun
ein hastiges puzzle ausgebrannter wälder,
ein scheues tier glaubt sich zusammen
war sie das?

und dann
und immernoch
geschah,
geschieht,
als die bäume gefällt werden,
im zwielicht,
die aufgezwungene posse der anwesenheit,
ertränkter gedankenfülle,
aus dem auge, aus dem sinn,
erlösung mit salzigem geschmack
flutet außenraum und innenraum-immun-aquarium kurz
zu einem meer.

am glas,
angenagelt,
hinter glas aufbewahrt,
sie
im labor
mit dem irrsinnigen tuch,
hat diese fenster seit jahren nicht angerührt,
aber tut es gerade mit seinem zufälligen passieren.
warum das?
fragt sie den himmel.

diskret
schaut das paar geradeaus,
durch die straße, den weg bahnend richtung süden
er für sich und mit ihr.....
übermalend den trost,
aus dem schmelzraum des unbehagens fliehend.....
aus dem blitzblick,
aus dem zentrum
des gewesenen gesichts hinter glas,

im ersten stock
bei kunstlicht,
tarnt er sich rasch neben dem mächtigen frauenleib
und schutzsuchend in deren lockenfülle,
verschwindet im mantel ihrer arabik,
rinnt neben ihr her, hält schritt.
ein wir. ein neu.
ein puls.
ein plus.

wie geht das?
wie soll ich das aushalten,
extrahiert aus der zeit zu sein,
dem eigenen leben gar,
fragt sich die frau,
als ob sich oben im fenster bereits das erinnerte bild ins glas einäzt
und die augen sich
auf inneres richten wollen,
dazu der linie des rechten (inhärenten) armes folgen,
dem bestand an körperenden,
dem indiz der eigenen hand ins gesicht sehen müssen,
die hand aber versteinert ist und kalt
und einzig und allein
das grobmaschige graugewebe des putzlappens umklammert.

weitere tränen zum trotz
suchen einen notausgang
durch die gitterstäbe des stoffes,
durch das fenster des gequälten körperkäfigs,
in die dämmerung,
hinab auf die arena der straße...

da zoomt es heran das zottlige
schmutzige tuch,
horizontal und vertikal verwebt,
die verbindung zweier borstiger fäden,
ein geflecht.
sich behaupten vor den echten bildern.
montage- oder plansequenz?
selectionsprinzip setzt ein,
in den kopf ihres angeschlagenen geistes
scheppern
berge verschimmelter filmdosen,
schwimmen hinein,
explodieren
demonstrieren erbarmungslose aufnahmen
vom meeresgrund

chronologien....
seite um seite.

sehen müssen.
saß sie in der grube,
der guten stube,
in der falle?
und fand sich nicht zurecht,
inmitten aufgetürmter felle,
arm-netz-oktraeder,
haariger oktopusse oder wie daß heißt,
dem treppe hoch und loslassen,
dem weg und wieder da,
ein- und ausatmen-spiel,
wortwäldern und obstlügen,
gebäude-intrigen und sternengewürm,
eis-lidern und himmelswurzeln
dem optikgepflecht, dem unsichtbaren kompaß und nie nie nie
ganz gewesen zu sein,
ganz,
den mangel an....

der leichte arm,
der schwere arm,
der nicht mehr arm,

der kettenschlingen um den halsarm,
eisenhans, der würgegriff, war er das?

auch das war er.
auch so erschuf sie ihn
und was sie sah,
(konnte vor vermienten sehen überhaupt noch von sehen die rede sein?)
war ein reptil chamäleon.
so sah sie ihn,
weitab,
kleiner werden
sah aus der wasseroptik ihrer schneekugel,
und wollte nicht sehen,
was sie sah,
verlor allmählich schärfe aus dem blick,
sah sich selbst ab und zu
auch ohne sich zu erkennen,
konnte ihre körperliebe/lüge
mit vertrauten fremden arm
nicht denken,
wollte den alten arm zurück,
der mit dem anderen mann dran

auch das war er

auch so war sie

so war das

Lachesis
5 Globolis (C 30 Konzentrat) in Wasser auflösen, in kleinen Schlucken
trinken, dann C 200 in Wasser aufgelöst eine halbe Stunde später erneut in
kleinen Schlucken einnehmen.
Zustand beobachten, bei Verschlechterung 5 Globolis direkt auf der Zunge
zergehen lassen.
Lachesis (Schlangengift), ist ein Mittel gegen Eifersucht.

Elisabeth Klar

Ich bin der Wind in den Straßen,
husche und haschle,
huste die Hüte von glatten Glatzen herunter
weil die Kinder dann glucksen und glachen
warum so verwirrt,
warum so verwindet, Hascher?
Was suchst du denn so wütend unter dem Laub?
Dein Heim, blasher? Das wurde verweht.....
Und lachen
Ich chahge sie ein wenig, dann die Autos,
windhe mich um Häuser, hauschle hebrochen in Bäumen
durch Zweige zerissen.

Am Rand der Stadt mein See
ruht am Grund
schwarzschwer
von Zeit zu Zeit globst er
wobbeln die Wellen
heute so berehdsam, sHeeeee...
wenn ich lange ruhe,
wärmträgelt er auf
von außen nach innen,
hes wird mir zu hlang, zuh hlang, hlang
spiehl mit mir, lass mich hich aufhühlen, wühen, dich erhitzeln, kitzeln
manchmahl hird er hann
zornig, zifft und zonnert
in meiner hahnd
meistens wird er aber nur
eislig und kalt
und ich wheihneh
sanft

Dr. Matthias Kneip

In diesen Tagen...

In diesen Tagen
steht die Sonne tief
ihr Licht scheint schwach
selbst Blicke werfen Schatten

ich sah Schmetterlinge
zu Fuß einen Hügel überqueren
die Flügel gefaltet wie zum Gebet
sie misstrauen dem Wind

Ein Kirchturm schlägt
und weiß nicht wieviel
niemand fragt nach der Zeit
es könnte zu spät sein

Die Dämmerung nimmt kein Ende
kommt der Tag, kommt die Nacht
nur die Angst bleibt wach
schleicht katzengleich um die Häuser

Ivette Vivien Kunkel

Richtung Sueden
oder: an american dream

Wir fuhren hinaus in den Sueden an orangenfarbenen Fackeln und blauen
Tankstellen vorbei
wir waren Fuenf und Fuenf sollten wir nicht bleiben.
Zuhaelter sassen breitbeinig an Strassenraendern und riefen
vorbeifahrenden Wagen Obszoenitaeten zu.
Kinder balzten sich wund im Strassenstaub.
Wir reichten Bier herum und wunderten uns ueber nichts mehr.
Nicht die Ungeheuer und schoenen Frauen am Bahnstreifen
zwischen Grashalmen versteckt fingerten sie aneinander rum
   - die Luft war klar und warm, wir fuhren einfach weiter
hinaus in den Sueden. Es wurde Nacht.
Der Sternenhimmel glaenzte wie die beringten Huren in den Clubs,
wir nahmen Dollars aus ihren Bikinis und
bezahlten damit eine Runde zwei Runden Whisky.
Einer von uns verschwand mit Genoveva, der Königin
des LaCucaracha-Clubs. Wir sahen ihn nie wieder.
Ihre Blicke waren silbern wie der kleine Slip, der
fast völlig in ihrem Koerper verschwand und wir beteten,
ihm waere das Gleiche passiert.

Wir fuhren hinaus in den Sueden an gelben Feldern und roten Haeusern vorbei
wir waren Vier und Vier wuerden wir nicht bleiben.
Hunde jagten quer ueber Graeber katzengrosse Ratten und zerbissen sie,
teilten sie unter sich auf,
ein paar Kraehen schauten uns zu bei unseren
Pausen, unter Azaleen oder Akeleien,
wir warfen Steine nach ihnen, aber keiner traf.
Wir kamen in die naechste Stadt und versuchten
dort ein paar Betten zu finden, doch wir mussten
am Busbahnhof schlafen, zwischen Rucksaecken
Muelltueten und Bierkaesten. Ein paar
Maedels kicherten ueber uns. Bis einer sie schlug und
diesmal traf, ihre Augenbraue war aufgeplatzt es stand ihr ganz gut
aber sie schrie. Und der geschlagen hatte wurde
festgenommen und weggesperrt; wir sahen ihn nie wieder.

Am naechsten Tag fuhren wir weiter nach Sueden an zebrochenen Scheunen
und Herzen vorbei.
Wir waren Drei und Drei sollten wir nicht bleiben.
Die Strasse beugte sich unter unseren Reifen, wir verdeckten
trockene Straeucher mit Staub. Der Himmel war glasklar und
wir entdeckten Rauchzeichen am Horizont und
folgten ihnen.
Wir wollten heute Indianer sein, auf unserem Weg in den Sueden
und als wir welche fanden waren sie wie wir.
Assen Dreck von der Erde und haengten ihre Kleider
zum Trocknen an den Marterpfahl.
Einer von uns wollte bleiben und gab sich einen Namen,
der sein Geheimnis ist und wir
duerfen ihn nicht aussprechen.

Auf unserem Weg in den Sueden waren wir nur noch Zwei,
wir fuhren an Lebendigen und an Toten vorbei, gleichsam farblos.
Alles was wir sagten blieb unter uns,
bis wir alles gesagt hatten. Da begannen wir zu singen.
Im Wagen dem Herzen hinterher und der unbaendigen Seele –
uns wurde ganz poetisch, also sangen wir fuer alle
die auch auf der Strasse waren, Texte von Whitman
und Rimbaud und Ginsberg, einer von uns fing an
Kerouac vorzutragen, On the road – komplett, gesungen, in
drei Uebersetzungen, es sammelten sich unzaehlige Koepfe, um zu hoeren,
vielleicht um mit ihm zu traeumen und zu weinen.
Ich entschied, allein weiter zu fahren. Er blieb und
wurde spaeter beruehmt, wie ich hoerte,
als ich endlich Ruhe fand, um zu hoeren.

Ich fuhr hinaus in den Sueden an goldenen Wuesten und fetten Taelern vorbei –
ich war einer und einer sollte ich bleiben.
Ich sah noch vieles, fuer das ich keine Worte finde und keine Melodie;
ich wollte es auch keinem erzaehlen. In mancher Nacht
betrank ich mich einsam in einer Bar und
vermisste sie, die Vier,
die es niemals gab, die mich begleitet hatten nur
fuer diese eine Reise, bis ich ankam und
jedermann von ihnen berichten konnte.
Man stellte das eine oder andere Denkmal fuer sie auf –
hier unten im Sueden. Kennen sie alle.

Kerstin Leppert

stundenkokon

in dieser umschlungenen nacht segelte ich
dem schrecken um vier grad davon

mein körper eine barke für alle gepäck
sätze die ich deinem atem schenkte

still träumte ich mich kleiner
bis ich ganz in deiner hand lag

meeraugen erzählten mir
stundenlang vom dom aus sprache

morgens vertropfte ich in salzkaffee
während zeitfinger schnelle tage mahnen

Joanna Lisiak

Tagebuch

Mit Hoffnung geduscht.
Wünsche gegessen.
Einsichten verdaut.
Mit Versuchen gespült.

Erlebnisse ausgefahren.
Verwirrungen heimgebracht.

Rückschau verkocht.
Mit Ideen gewürzt und
mit Plänen garniert.

In bunten Gedanken
eingeschlafen.

Dirk Müller

Nirgendwohin geht die Reise

Drei Flaschen Sex im U-Bahnschacht
steigern das Unbehagen.
Tag- und Nachtschwitze, keiner macht
was gegen Messer im Magen.

Regengesichter, leergeschwemmt,
zittern in Pfützen wie Aale.
Letzte Heldinnen gehen fremd
und freudlos durch Aldi-Regale.

Über den Dächern keimt überall
beruhigende Leere wie Pilzbefall.
Nirgendwohin geht die Reise.

Austherapierter Hamsterstrom
hamstert was gegen das Laufradsyndrom –
Großstadt ist einfach Scheiße.

Reiner Mund

durchlauf n.

dieses einsteigen
dieses wegfahren
dieses landschaft-sehen
mit wolken und graufluss in laublosen weinbergen

dieses sammeln und kramen
dies suchen und legen
dieses einordnen und reinstopfen und zuschnüren
dieses schnaufen
und buckeln und gehen

mit diesem die dinge streichelnden letzten blick
noch einmal die totale
augen nehmt mit
augen lasst hier diese
schamlosen bilder
von steinen und licht und windbruch
auf den pfaden zu dir

dieses ankommen
dieses umschauen
dieses prüfen ob all das noch steht
was letztlich noch heim schien

dieses warten
diese menschen
dieses warten auf diese menschen
die letztens noch heim waren

diese fenster
diese kälte
diese abgestandene luft in den räumen

dies suchen und legen
dieses einordnen und reinstopfen und auspacken
dieser irrende blick nur zur kahlwand nebselbst

dieser zweifel
dieses sehnen
diese wehmut
dieser zweifel

Miklos Muhi

Hin und Her

Als ich damals los fuhr,
War ich ein anderer.
Die Sprache des Denkens,
War noch die Alte –
Ich bin das nicht mehr.

Ich kam an, sah und siegte,
Mein Inneres machte
Sich auf den Weg
In meines Körpers neue Welt –
Das alte Ich blieb zurück.

Ich machte sie zu eigen,
Die Sprache, das Denken,
Ein neues Gewächs schoss hoch
Aus der alten Wurzel –
Ich war neu geboren.

Die Nachricht, die Schlimme,
Dass ich gehen muss,
Meine neue Welt zu verlassen,
Hat mich verletzt –
Ich blutete und betete vergebens.

Ich kam wieder hierher,
In die Welt meiner Kindheit ...
Ich sei willkommen, wie immer,
Meinen alle und lächeln –
Nur meine Seele ist hier fremd.

Daniel Mylow

NORDWIND

Kirkes Lippen flüstern die Zeit
aus deiner Haut
der Nordwind ruft
haucht Zeichen in den Asphalt
du musst weiter
in die verwegenen Stunden der Sehnsucht
immer weiter
aus dem weichen weißen Geheimnis ihrer Hände
in die schattenhaften Bezirke der Vorstadt
wo die Abgeschiedenen
unter einer Wand aus Glas
von den schwarzen Wurzeln
milchweißer Blüten kauen
und niemand weiß
was sie hören was sie sehen
so wie du für kurze Zeit
vom Blute trinkst, die Heimat
aus der Bitternis der Schatten kratzt
wie ein Bettler
durch den Schmutz der Straßen kriechst
weder Kälte noch Regen noch das Blut
deiner Opfergänge unter den Fingernägeln spürst
während der Gesang der Sirenen
in die Verästelungen deines Körpers rinnt
die Glashaut deiner Gedanken
mit Vogelstimmen wiegt
aber du musst weiter
bis der traumlose Abend
milchige Schatten
an den fernen Himmel schmiegt
der Nordwind
deinen Schritten Flügel pflanzt
weiter
wie der Rhythmus ihres Atems
über steinernen Meeren
den Nachtvögeln gleich
von keiner Heimat mehr singt
und deine Spur
zum Verschwinden bringt

Frank Norten

DU BIST MEIN HELD

Du bist mein Held
Nur habe ich noch kein
Pferd aus Holz gebaut
Regen, Gezänk und Wein
machten die Waffen stumpf

Schon bald zehn Jahre
schmieden mich die
Ränke der Frauen fest
Auf den Schiffen
feilschen lykische Händler
Ich bin nicht sicher,
ob der Hund mich begrüsst
bei meiner Rückkehr

Klagen will ich nicht
Lehrer und Eltern tot
Den Kindern zum Makel
durch meine Abwesenheit
Manchmal erinnern sie,
leiser, mein Gesicht

Verloren geben wir uns
Sieger zu werden,
bedarf es der Götter
Nicht einmal die Umrisse
der Heimat darf ich erkennen

Nach einem weiteren
Jahr an Trojas Küste
steht Pallas Athene,
Zeus´ blauäugige Tochter,
lächelnd am Strand
„Worauf wartest Du?
Beginne mit dem
Fällen der Bäume.
Und versuche nicht,
den Lauf der Dinge
zu ändern."

Dine Petrik

bringe ihn nicht unter
lasse ihn gehen –

den trägen leib
ausgehen mit dem

was ihm nächsten ist
das dünne kleid aus

licht und dämmerung
mit wachen knien

das gehör im an
schlag

den akkorden wind
nach bis zum meer

mehr odysseen
hocken im rachen
mir
einer gestrauchelten
über sich selbst

doch etwas fehlt
blieb: etwas blieb
aus
fremden händen tropft
Chopin wie warmer regen

fällt steht einer da
- gefüllte gläser -

redet hälften
um ein bisschen

driftet ab holt luft
zwischen vokalen

ein wurf seide
sein geruch

spuren von
rodungen

am kinn
salzwasser

schlucke ich bin
ihm weit voraus

strauch
seinem fusz

Erich Pfefferlen

RatSchläge

In der größten Not
kommen die RatSchläge
der Schaden-Freude
mit Blaulicht
fordern selbstverständlich
martinshornlaut freie Bahn
für ihren Un-Rat

mir wird ganz schwindelig erst
wenn sie wieder gegangen sind
blick ich ernüchtert abmessend abwägend
zu der Stelle mit Spänen
die zurückbleibt ohne Hobel
und Ratschläge

Stefan T. Pinternagel

Verlorene Seelen

Wenn ich früh morgens aufsteh´,
ist mir schon schlecht;
und wenn ich wenig später
im Kombi bei den
Kollegen sitz,
dann ist mir noch übler.
Wir rasen
mit dem Boliden
durch die späte Dunkelheit,
ein Trupp unausgeschlafener
Männer in dreckigen
Arbeitsoveralls,
auf grau eingestaubten
Sitzen, umgeben vom
Gestank eines ganzen
Lebens
- arbeiten, essen, trinken
und gelegentlich
einen fahren lassen –
und jenseits der Scheiben
scheint nichts mehr
zu existieren,
bis auf dieses vage Pochen
im Hinterkopf,
das Bewusstsein,
dass irgendwo da draußen
in der Dunkelheit
das zugige kalte Skelett
eines Rohbaus auf uns wartet,
wo wir Schlitze
in die Wände klopfen
und Mauern durchbrechen
werden,
wo wir Strippen ziehen
und uns an den
scharfen Kanten
der Ziegel
die Hände aufreißen werden.

Wenn ich daran denke
wird mir speiübel
und ich wünsche mir,
wir führen mit einem modernen
„Fliegenden Holländer"
und wir würden niemals
dort ankommen
und für alle Zeiten
wie verlorene Seelen
durch das Dunkel rasen.

Sabine Reber

Nachthafen

Der Rosenkohl ragt einsam
Aus dem seichten Wasser seine
Blätterköpfe faulenden Bojen
Im Nebel die Röschen schwimmen
Mit den Erbsen in der Pfütze

Hab in der Wiese einen Stiefel
Verloren Hagel, Blitz und Donner
Treiben mich mit eingezogenem
Nacken und nassen Füssen vorwärts
Frösche suchen unter dem Mangold

Schutz vor den Fluten als
Verirrte Ithaker irrten wir durchs
Leben Regen in den Haaren Wind
Im Ohr Hagel zerschmettert
Die Gesichter der Stiefmütterchen

Ihre Augen in den Matsch gedrückt
Tarnfarbe Soldatenhäupter die ihre
Glieder von den Schlachtfeldern Trojas
Schleppen allesamt zerknittert
Und schwer verwundet

Der Nebel verdichtet sich hüllt
Endlich das Gartenmassaker ein
Verschluckt uns und das Haus
Wir entfachen ein Feuer der
Torfrauch parfümiert die Schwaden

Über unserem Dach säuerlich
Wir verschliessen die Fenster
Damit es im Haus nicht auch so
Weiss & still und leer werde
Wie draussen in den Hügeln

Wir laufen in den Nachthafen
Ein, ankern unter zwei Decken
Mit billigen Aufdrucken leise
Leise tropft die Nacht
Ruhe auf das Schieferzelt.

Elvira Reck

Wurzeln

Immer wieder
die eine Frage:
Wo komme ich her?
Quälend verfolgt es mich
der Sinn des Lebens
als Verstoßene
in einer heilen Welt
versuche ich
hineinzuspringen
in meine Vergangenheit
mit Händen und Füßen
zu graben
nach dem Ursprung
die einzige Antwort
zu finden
die Frieden verspricht
meine Seele erlöst
mich leben lässt.

Unermüdlich
kämpfe ich mich
vorwärts
tiefer hinab
ohne Rücksicht
auf die Angst
die mein Herz umschließt
ich will keine Hilfe
keine Rechtfertigung
nur ein bisschen Verstehen
der wirren Gedanken
und kränkenden Taten.

Bin ganz normal
und fühle doch anders
keine Sonne
bei meiner Geburt
lässt mich jetzt
wegsehen
bei anderen
kenne kein Mitgefühl
bin beschäftigt
in meiner Suche
versunken
und verstrickt
möchte doch nur
irgendwann
meine Füße wiedersehen.

Dominique B. Renard

Tomis

Das ist der Sommer: eine letzte Bahnfahrt
Erwachen zwischen Feldern, Hafenkränen
ein roter Ball tupft zarten Firnis.
Daheim in Ostia steht ein Frühstück auf dem Tisch.

Hier zuckt die Hitze hastig auf
in Tamariskenwäldern wuchern Felsgehänge
dann teilt ein dunkler Wind die Dürre
vorm Koben suhlen Schweine sich im roten Staub.

In die Trockenheit fällt Schnee
und aus den Kneipen lärmen Eisengießer.
Das Meer schickt herrenlose Tränen auf den Strand
und leckt an Deinen nackten Beinen.

Rotraud Sarker

ODYSSEE IM DUNKELN AUF DER SUCHE NACH DEM LICHT

Wo man das Licht gefangen hielt,
war wüste, war
turm der schwebte, lebte, sich
immerzu hoch in den lüften drehte

Ich grub die zehen in den schwarzen sand,
bewegte mich voran   Die luft
war voll geräusch, ich
warf mich nieder, legte

die ohren an   Waren es
hufe, trommeln, das schunkeln
ferner karawanen ?
Ich weiß es nicht, ich

musste immer weiter gehen
Der wind verwischte meine spur
und nur erinnerung an licht
blieb noch als offene frage stehen

Klaus Schafmeister

Wieder hier
Längs am Strandgut entzwei
im Abendsorot die verlornen
Fleischfarben genascht
Aus solchem Beweggrunde
(und auch zum Zwecke)
Wieder Moderationen
Wie Kugeln gedunsen
Gesungen Andante
Erinnert auf halb
verschlossenem Mundstück .

In Deckung
Rollig vibriert Umher gestrichen
Die alten Wunden geleckt
Die verzunderten Krallen
Entflammt zur Stundesoblau
Und das Blut
Und du weißt noch ?

Vom Gestern
Gerettet Die Lieben
Die paarig zerkreischten
Trabanten Sie segeln Sie singen
Dich um den Mond
Um den Schlaf mich
Gäbe dies Ganze auch still[s] nur
Eclipsen vielleicht Schwarze Löcher
Taumorgens hin träumt es sich
wild sein wie

Fliegende Katzen.

Adelheid Schmidt

O D Y S S E E in der A B E N D D Ä M M E R U N G

Tag geht blau – wolkig
zwischen lichtbelegtem Astwerk,
im Wasser dunkel gespiegelt.
Bäume beschatten Bachrand,
Gräser wachsen aus Ufer – Steinen;
hell – blau – wasser fleckig,
umzingelt von Bachgespiegel
hell – dunkel – grüner Bäume,
rost – roter Spätsonne,
schleichen in Abendgang.

Grau perlt Nebel – Feuchte
firnis – gleich – hin
zur kleinen – grünen Hütte,
gezimmert aus grobem Holz;
hinter winzigen Fenstern
wartet Helligkeit.....

Ich suche die Tür,
mein Herz pocht – rast,
ich trete ein:
rieche Körner – Gräser,
erkenne im Züngeln
aufflammender Kerzen
dein hell schimmerndes Haar,
deine grün – leuchtenden Augen,
wie das Gespiegel von Blättern
im abendlichen Fluss.....

Ich strecke die Hand,
dein lichtes Haar zu fassen,
kann dich nicht erreichen,
stehe vergessen – versinke.....

Reinhold Schrappeneder

Mare Tranquillitatis

Grad noch blühen die Kastanien,
doch die Blüte ist vorbei.
Und am Fenster die Geranien
sehnen schon den Herbst herbei.

Grad noch waren deine Stunden
voller Liebe, Lust und Schweiß.
Jetzt hat deine Seele Wunden,
und dein Körper ist aus Eis.

Du bist müd vom langen Wandern
auf der Straße, auf dem Feld,
und du schmachtest nach der andern,
nach der wegelosen Welt.

Jede Faser deines Leibes
lechzt nach Ruhe. Und du bist
ein Gefangner dieses Leibes,
weil dein Lebensstrom noch fließt.

Träge strömt er in der breiten,
in der ausgefurchten Bahn.
Und vom Horizont, vom weiten,
zieht ein Meer ihn ruhig an.

Und das Meer heißt Meer der Stille.
Und dort liegt sein letztes Ziel.
Warte – bald hat deine Zille
Meeresfluten unterm Kiel ...

Iris Schröder

schiffbruch – eine verwirrung

die verirrung
beginnt mit einem bruch:
schiffbruch,
da stellt sich heraus,

dass das meer
nicht richtig festgezurrt war
an den himmel.
es bricht über uns herein.

das land wackelt,
entpuppt sich als insel.
der strand: ein saum.
eine schwelle, überflutet

von zersplitterten körpern.
die nacht war nicht festgebunden

an den tag, war nicht eingefügt
in den verbund von tagen
und nächten.
du siehst, sie hat sich

selbstständig gemacht
und ist davongetrieben –
auf die offene see hinaus:
wie das wandernde organ

im unterleib der hysterikerin.
es hat sich herausgestellt,
dass die verwirrung nicht haltmacht
vor namen:

ich heisse Montag, Dienstag, Donnerstag.
mein genauer name ist
graviert auf einem silberlöffel,

dem geschenk meiner patentante.
doch treibe ich ohne ihn
auf dem offenen meer
in meiner bretterkiste.

bäume müssen bretter werden,
um so zu reisen wie ich.

Florian Seidel

Odyssee der Glückspiraten

Wer suchte mich nur mit dem Bohrer heim,
um mir diese neun Öffnungen zu bohren?
Jetzt, kannst du essen und trinken, sagte er
und deine Lippen glänzten.
Männer werden kommen und Frauen.
Du kannst hören und sprechen,
sieben Leben zusammenreimen,
und dich selbst entwerfen.
Aber fangen wirst du nie etwas
im Netz der Vorsehung.
So hatte ich die Welt, wie meine Brille sie sah
und andere heilsame Irrtümer,
Zeit für ein gotisches Glücksherz voller Grillen,
Zeit die Liebe zum Bleiben zu überreden.
Aber nichts geschah.
Da schlich dein Tiger durchs Puppenhaus.
Mir gelang reibungslos die Verwandlung
vom lässigen Hund zum armen Schwein.
So war es am Tag, der nicht im Bett begann.
Hälfte meines Lebens. Und wir suchten weiter,
auch einen Morgen später.
Aber wie lange kann man ungestraft suchen ?
Wir könnten den Horizont aller Ereignisse ansteuern,
wie Odysseus am Rand schwarzer Löcher sitzen
wo die Zeit still steht. In die Zukunft springen
in einem fantastischen, halsbrecherischen Manöver.
Zeitvergessen rollte der Mond über den Himmel.
Ein Homer kam nicht.

Zu kurz warst du unterwegs mein lieber, sagte er.
Du, der Ichbastler und Selbstverwirklicher,
geplagt von all diesen Rückzugskrankheiten,
Stuntman eines ich´s,
das letztlich immer enttäuscht blieb;
das gotische Spenderherz umgehängt.
Und ich wusste das wirkliche Leben
ist nur ein Fenster unter vielen
und gewöhnlich nicht das Beste.
Auf der Suche nach dem Richtigen
hatten wir jede Menge Spaß mit dem Falschen,
Kuckuckskinder, geboren im Elsternest,
einen Seestern an die Kosmonautenbrust geheftet.
So war es, am Tag, der nicht im Bett begann.
Ach Homer, dass nie ein Feuer uns den Wunsch verbrennt;
uns rettet vor dem Tier im bunten Kleid.
Fürchte dich nicht. Liebe wird uns gegeben.
Wir werden überleben. Du musst Kosmonaut sein,
nicht Weltmeister oder Held.
Frauen suchen das Leben, sagte er,
Männer suchen Gott;
Und wo wir Gott finden würfelt er doch.
Und wir fangen nichts im Netz der Vorsehung.
Das Bett ist wo man einschläft,
beschützt vom Gott des Jägers
und dem Gott auf niemandes Liste zu sein.
Geschichten entlang der Zeit. Mit Datum versehen
und Dank irgendeiner Erinnerung
als Vergangenheit empfunden.
Natürlich kannte auch Homer al die Geschichten,
die wir jetzt hinter uns herzogen
wie ein Sträfling die Eisenkugel.
Aber dafür hatten wir bezahlt.
Erlösung, sie hört uns kommen,
sie hört uns Gedichte lesen im leeren Pool.
Die Glückskatze spitzt rote Ohren.
Ein Homer kam nicht.

Stefanie Stegmann

prinzessin

und sie blickte glotzte stumm
auf dem ganzen tisch herum
(teller tassen kerzen klinke)
schnitt der decke schnipp und schnapp
alle ihre daumen ab

blut das tropfte eh man sich
versah an ferse hacke zeh
klinge tut der wahrheit weh/
so esse sie den apfel auf
gurren tauben von den dächern

ist die rechte noch daheim
soll der schuh
verraten sein
spuck den apfel wieder aus
bis sie nur ein strich noch:

klinge, klinge an der hand
ist die angst
die nicht gebannt
messer gabel schere licht
sticht sticht sticht

Rebecca Steltner

INSOMNIA III
inspired by Osip Mandelstam

Schlafen, schlafen:
Warum soll jeder Tag einschlafen?
Wenn sie schläft, schläft sie
durch Tage und Nächte hindurch
längst kein Dornröschenschlaf mehr.

Ein Kampf jedes Mal:
für Schlaf, gegen Schlaf?
Um Tage oder um Nächte?
Sie weiß es nicht mehr.

Im Einschlafwinkel
hängt ein Leben
gefangen an dem Punkt
zwischen Tag und Nacht
den selbst die Schiffe Homers
vergeblich passierten.

Rolf Stolz

3. Juli 1999, Rhein

Schwarz umrandete Punkte
auf der Haut, eine Art
eine Art Erkennungsmal für die Dichter,
auf einem granitenem Sockel
eine unlesbar gewordene Schrift,
moosversteppt,
ein Schrägblock
für ein nahe Null gebrachtes Regiment,
der General mit dem deutschen Namen,
der reichlich Jugend opferte
gegen die achtzig Selbstmörder
im Intarsienschutt,
in dem Mamorgebrest,
wo Blücher
den Rhein überschritt
und der bejubelten Besatzung
ein Ende setzte, der Strom
fließt nur noch rückwärts,
versinkt in den Quellen
zertrümmert die Ufer
verdampft
unter der Erde, die grauen Haare
von Wandergruppen, mehr nicht
mehr nicht sichtbar
vom oberen Weg aus,
die Promenade
zurück:
noch einmal Kindermatrosen,
die Jagdhunde
ohne Begeisterung für die Zukunftsflotten,
eher für wirbelnde Stöckchen
und den Ulanenstoff,
nicht einmal die Hunde
und das Gebell der Hunde
können ohne Stein bleiben,
sind schon weg,

Jahre weiter
unseren Abwärtsfluß hinunter,
die Rufe der Kinder
halb irgendwas: „Dein Bruder
schlägt sich," gehen wir mal,
„dein Bruder
wird gerade erschlagen,"
wir wollen doch gehen,
weiter, Filmaufnahmen
von Wasser, dessen Bewegung
noch auf dem Schirm
sein wird, das keine
Schilde trägt, keine Benamung,
Wasser, das kaum anders wurde,
unter der Uferkorrektur
unter dem Schwebeschiff,
Augentrost den Fremden, die sich an Händen halten
und den Fremden auch, die einzeln
daneben sind, Alteingesessene
die sich selbst kennen
und daran
sich kräftig verschlucken,
Lähmungsvorboten
im Schreibarm, „Sie können
vielleicht noch Befehle geben,
solange
der Kopf noch mitspielt,
aber stellen Sie
alles ab auf das Ende,"
Kinderphotographierer
an einer Abraumhalde, ehe
der schwarze bunte Zauberer
ihr Bild zerreißt
und auf Grillspieße aufteilt,
ehe der Fluß
die Lippen schluckt.

Oliver Uschmann

KURZ VOR DER LESUNG

Wie immer bin ich zu früh.
Streife um das Kino wie die Katze um den Vogel...
...nur nicht zu früh aufschrecken.

Ich brauche dich nicht, Beute!

Lieber spät kommen,
wie Ärzte
oder Züge
das macht einen wichtig.

Weiterlaufen, das Revier erkunden.
Staunen.
Ist Städtebau so einfach?
So offensichtlich wie ein betroffenes Gedicht?

Spielhallen.
Jackpot.
Oranges Licht, blauer Teppich.

Trinkhallen.
Sprit.
Weißes Licht, rote Dosen.

Fressbuden.
Billig.
Gelbes Licht, braune Pizza.

Callshops.
Ferngespräch nach Griechenland.
Heimatlicht, Familie anrufen.

Hier lebt man nur vorübergehend...
...vorübergehend ist für immer.

Trinken, Essen, Hoffen auf den Jackpot.
Kein Jackpot. Mehr Trinken.

Mein beschissener Soziologenblick.

Wie immer bin ich zu früh.

Pizza essen.
Bier trinken.
Gedicht schreiben.

Georg Veit

Zerstörer

Junger Matrose V. was trägt man dazu wenn
Mann an Bord geht der Sack zugezurrt Angst
heute in meinem Besitz Swinemünde im Herbst die
Paul Jacobi läuft aus Werftzeit passé
nun muß gestorben werden getauft nach des Kaisers
Spielzeugkapitän kein Opfer der Zeit
aber er ein Jüngling ist kein Dreadnought
Flakspezialist doch zuerst

trägt er hinzu
Gasflaschen ausgegast wird das Schiff gegen Ratten

Ungeziefer trägt man unterm Hemd
Marke Arier jung ist sein Fleisch aber alt ist
schwarz ist das Raubtiergebiß da in Berlin
das schlägt sich in den Hals einer jungen Generation zerquetscht wird der Schraubenschutz Flak dreikommasieben
wird übernommen man sitzt unterm Käptn ders Licht löscht
Motor aus U-Bootjagd ohne Erfolg

Flak übt vor Kolberg Geleitschutz Routine doch da trägt
Leiche um Leiche das Meer du mußt da durch
treibend in Schwimmwesten hängend Flüchtlinge von der

Wilhelm Gustloff was trägst du da in dir
schläfst du bemerkst du die Körper am Vorsteven

trägst du
schwer schüttelst ab denn erzählt hast du es nie

trugst schon genug an Drehkreuzsockellafetten
Kriegstagebücher entsetzt Wut auf den Feind
Särge ankerten an unseren Lidern schrieb niemand
Landzielbeschuß war zu tun Danzig Kammin
Rostock Rückzug Flensburg macht endlich Schluß nur
drei Kameraden sind wach meutern fürs Volk
schaffen den Schlag kaum allein auf den Kompaß am Schießstand
tötet man sie und der Rest kein Saboteur
findet sich sonst im Volk kein November im Mai nicht
Revolution nur ein Kusch

nichts trägt man bei
der Kommandant heißt Max Bülter der weiß ja von nichts und
sieht nicht die Rheinfels die liegt nebelversteckt
auch vor Anker und als der Nebel sich hebt seht

ihr es alle sie trägt ihr tragt es nicht
Grauen bleibt hart weine nicht träume später werd krank stirb

ab denn da vor dir auf Deck lacht die Ess-Ess
hält sich im Arm raucht reibt sich im Schritt schleppt sich ab ins Bett
nebenbei kriecht ein Mensch nährt sich vom Kot
kriecht noch ein Mensch noch ein Mensch noch ein Mensch noch
Reste gerettet vorm Feind Stutthofs Ka-Zet

daran trägst du ewig erzählst es dem Sohn das
schüttelst du niemals mehr ab das

nein das erträgst
du nicht wirst krank stirbst früh doch vorerst kommt das Ende
Kapitulation wer atmet auf
Sechzehnuhrfünf siebter Mai ist Schluss Flagge einholn
zwei Wochen drauf erst von Bord victory fin
neue Herren braucht die See braucht das Schiff braucht
Frankreich ein Nazischiff tauft es Desaix
längst ist das Schiff verfault auf dem er gefahren
im Magnetfeld des Hais

was trägt da fort ?

(aus: 66 dem Vater)

Horst Werder

Über Mutanten
und Geister Vampire

- Irrfahrten im Internet -

Ironisches Tod
Spektakel rühr Leben und
Tod zwischen über

den Grenzgang rühr den
Grenzgang über Spektakel
zwischen Schattenwelt

ironisches Leben
und Mondbetrachten zum
Tod die Äcker ich

herausgelockt und
ein makabres Geister von
Tanz-Theater-Show Charla
grotesken Drops
und einer Luna Luder in

Luna und Drops Tod
von Luder Charla Geister
herausgelockt in

einer Mondbetrachten
Äcker grotesken zum
Tanz-Theater-Show

die Geister ich ein
makabres durchschreite rühr
des Baches Tod und

Geister entlang und
ein makabres Schattenwelt
Tanz-Theater-Show

über Mutanten
und Geister Vampire die
Bühne Nachtmahre

Untote Geister
als Kopflose Sony die
Geister Schattenwelt

der Geister die der
Schattenwelt Bühne die Tod
über Geister als

Kopflose Mondbetrachten
Untote Äcker zum
Nachtmahre die ich

Vampire Geister
des Baches durchschreite und
Mutanten entlang

sie fegen meine
Urne nun gebannt Geister
Mattscheibe um und

lehren auf Leinwand
sicher das Gruseln Tod die
Phantasie Geister
die Phantasie lehren das
Gruseln rühr um sie Urne

sicher meine rühr
zum Mondbetrachten Tod auf
Leinwand und Äcker

ich durchschreite und
des Baches Mattscheibe rühr
gebannt sie entlang

fegen nun Tod nun
fegen Mattscheibe gebannt
im Internet sie

Benjamin Witte

Zum Rot

Blau ist wie driften
Blau ist wie eine vergessene Reise

Vormals war Zufriedenheit und Glück
Eine violette Geborgenheit

Blau ist wie driften
Durch eine Zeit, deren Geschwindigkeit
Nicht mehr wahrgenommen werden kann

Blau ist wie treiben
Auf einer verrückten gelben Scholle
Durch ein grünes Meer mit Angeboten

Treiben heißt Irren im grünen Meer
Wo Träume unter rotem Sandstein geboren werden
Und Sehnsucht lila an allen Ecken korrodiert

Ein Blick in den schwarzen Himmel
Erzählt von Einsamkeit
In belanglosem karierten Ocker

Forschend im Braunen
Irrend durch Schwärze
Sehend das Gelbe

Suchend...

...Das Rot

Herbert Witzel

Feinde

Die Hebamme schlug mich.
Ich schrie und fing an zu atmen
und sie gab mir noch einen Klaps
damit ich ihre Armbanduhr wieder losließ.
Mein Vater sprach: Er heißt Uli, das Cleverle.
Dann fiel er in Schlaf
die Aufregung heute mit der Geburt
das war zuviel für ihn.
Meine Mutter stand auf
und wusch die Teller von gestern ab.
Erst war ich blind
dann stand die Welt kopf
dann blickte ich durch.
Mama ließ mich nuckeln lernen mit Muttermilch.
Sie trug mich zur Krippe, danach in die Kita
und schrieb weiter an ihrem Drehbuch.
Na gut, ich sammelte große und kleine Buchstaben
bis ich das Alphabet draufhatte bis zum Omega
ich lernte das kleine und das große Einmaleins
die Polonaise, Merengue und den Tangoschritt
wurde reich und gerissen
pflanzte den Baum
baute das Haus
freite Penelope
nannte sie „Nele, Geliebte"
genoß ihren Duft
trank ihren blaugrünen Blick
knutschte sie

bis sie lachte.
Meine Hände hatten
genau ihre Körbchengröße.
„Komm, tob dich aus", flüsterte sie.
Ich zeugte und sie gebar
Telemach, er war der Sohn.
Jetzt fehlte nur noch das Buch.
DA PLÖTZLICH:
Cupiditas genannt Libertad alias
Helena wird geklaut, Schwarm aller Männer
irgendwer legt sie flach in der Wallachei.
Wir lebten so lange Frieden.

Nun heißt es, der Feind steht nicht links
der Feind steht nicht rechts
er lauert in Illion
am Arsch der Welt.
Ich meine, das ging uns doch gar nichts an.
Wer kämpft denn in Übersee für seine Heimat?
Heinrich Schliemann oder Karl May oder wer?
Ich jedenfalls nicht.
Und ich springe im Dreieck mit Schaum vor dem Mund
Ich ruf: GUGU DADA
ZAWLAZAW und KAWLAKAW
und will meinen Jagdschein nach Paragraf 51.
Hilft nichts vorm Feind
Palamedes, du Heldenklau, wir sprechen uns noch...
Ich nehme Abschied von Nele und Telemach
und bestelle mein Haus: Den Freund kenn ich von Jugend auf
er hütet ein
ich muß raus in den Krieg.

Hört auf zu gähnen, ich mach es kurz:
Palmedes hat bezahlt
den äußeren Schweinehund
den siehst du nie wieder.
Und dieser Trick mit dem holen Ikea-Pferd
erster Trojaner der Weltgeschichte
der Trick war von mir.
Dann nichts wie weg auf zwölf Schiffen
mit 500 Überlebenden
Kurs Ithaka.
The Happy Few
nannten wir uns
und waren wir auch.
In Ismaros gab es Kampf
72 bezahlten den Sieg
wir restlichen machten rüber
zurück in den Westen.
Der Nordwind trieb uns bis hinter Kythera
neun Tage tobte der Sturm
es war wie im Kino bei Petersen.
Wir ankerten schließlich an Afrikas Strand
Am Landrand der Lotosesser.
Du ißt den Lotos
der Lotos frißt alle Depris weg
allen Schmerz
alle Vergangenheit
und dich selber dazu.

Zwei wollten es wissen.
Sie wußten nachher nichts mehr
von Heimweh, E.T. und IQ.
Wir brachten sie nur mit Gewalt

wieder aufs Schiff.
Richtung Nord lag das Land der Einäugigen
blind entweder rechts oder links
und Machthaber Polyphem
die kannibalische Bereicherung
blendeten wir in der Mitte.
Er hätte mich gerne gekillt
den Niemand von nebenan.
Wir trafen Aiolos auf seiner Insel.
Der gab uns ein Kissen voll Segelschiffenergie.
Wieder wollte es jemand wissen
der Wind wurde still
wir trieben zurück
und hatten nur noch diesen einen Versuch.
Sechs Tage, sechs Nächte.
Wir fanden das Land der grollenden Laistrygonen
Chaoten und Steineschmeißer.
Sie brüllten: *Eat The Rich!* und fraßen die Armen gleich mit.
Nur ein Schiff blieb uns noch.
Bei Kirke durften wir Schwein sein wie alle Männer
pene ventre hieß die Parole
Lust ging zuerst durch den Magen.
Doch Heimweh nach Neles Liebe
und auch nach Telemach
zog und zog.

Fern glänzte die Propagandeika
wir waren gewarnt
Offiziere und Mannschaften stopften sich Wachs in die Ohren
Ich wollte es wissen

und stand gebunden am Mast
Ein Mann der Forschung
Die Sirenen sind wie im PLAYBOY
Good Vibrations
zum Ausklappen.
Das Heft ist geborgt von Arbeitskollegen.
Du findest nie einen gekauften PLAYBOY irgendwo
Die sind immer geborgt von irgend nem Arbeitskollegen.

Und die Lockbräute singen und singen
ich spür Hormone, die mit mir Schlitten fahren
und brülle: „Bindet mich los, Ihr Kanaillen, Ihr Dummbartel
ich bin nicht geil, ich bin Wissenschaftler
weg mit dem Sicherheitsgurt
ICH MUSS DA JETZT HIN ZU DEN SINGENDEN WEIBERN
und Messungen machen fürs statistische Bundesamt!"
Sie rudern taub weiter voran.
Jetzt versteh ich die Lotosesser.
Ich versteh Hempels, wenn sie besoffen sind
und Türen aushängen im Karneval.

Als nächstes vor uns zwei Ungeheuer
die sind sich Feind seit Urzeiten.
„Der Schoß ist fruchtbar noch!" schreit die Skylla.
„Du bist rot, Du bist tot!" brüllt Charybdis zurück
und so fort und so weiter.
Einzeln sind beide schon schlimm genug
Zusammen aber schiere Gefahr.
Da mußten wir durch wie Pionier Parzival.
Ein halbes Dutzend hat es erwischt
mich selbst schon fast auch.

Dem Helios fraßen meine Gefährten
trotz Unterweisung die Heiligen Kühe weg.
Nur ich fastete. Alle ertranken.
Nur ich nicht.

Endlich
endlich als Bettler zurück nach Ithaka
Heimat kann sein, wo du geboren bist
oder wo eine Frau auf dich wartet.
Ich galt als verschollen.
Feinde vermissen dich nicht.
Am Horizont ragt schon der Baum
hier lang führt die Straße zum Haus
kein Schwein erkennt mich, nur mein Sohn Telemach.
Er kommt vom Müll sortieren
das soll seine Zukunft sein
solange das Geld reicht.
Fünfhundert Überlebende tot
The Happy Few
Ihr habt nichts versäumt.

Eure Witwen und Mütter tragen das Leid und die Schuld
die andere haben.
Jene Freier, die mich für tot erklärten
sie sitzen nicht links, sie sitzen nicht rechts
sie sitzen da
trinken mein Flaschenbier, greifen nach Nele.
Alle erschlug ich. Alle machte ich alle.
Zehn Jahre Krieg
zehn Jahre Gefangenschaft
nun laßt mich in Frieden.
Ich habe Nele neu

und treu zu erobern
wir schreiben ein Drehbuch
für Ithaka.

Inge Wolff

Kundschaft!

Schwungvoll,
eine Schleife nehmend
dreht der Hubschrauber
ein

Hochhauskrankenhaus
punktgenau

Die Last
Neongelb im Aluglanz

Ameisen weiss und schnell
ziehen die Beute
tief in den Bau

Intensive Plätze
kalt und pilzigwarm

In Fleisch und Blut
an Knochen, breiig
liegt was, es, da
heben, senken
über der Erde Grund?

Alles wird gut
Grinsen

Das Vieh rennt unentwegt
die bunten Flure herab,
hin
riecht die Schlachträume
wild

Augäpfel quellen
Schreie faustgeballt
in der Stille der Wirkstoffe
reagiert der Oszillograph
taktgenau

Zuzahlung
Tagessatz
Ausgang A2
Kühlfächer K3

Dagrun Hintze

aus Hamburg (Deutschland)

27.05.1971	geboren in Lübeck
1987 - 1988	als Austauschschülerin der Organisation „Youth For Understanding" in Pasco, WA, USA Besuch der Pasco Highschool, Graduation
1991	Abitur am "Johanneum zu Lübeck"
1991 - 1993	Studium der Germanistik und Kunstgeschichte an der Julius-Maximilians-Universität zu Würzburg
1993 - 1994	als Stipendiatin des Europäischen Erasmus Programms an den Universitaire Instellingen Antwerpen, Studium der Germanistik und Teilnahme am Internationalen Kolloquium zu Theaterwissenschaft und Kulturmanagement im Rahmen der Europäischen Kulturhauptstadt 93
1994 - 1997	als Regieassistentin und Regisseurin am Theater Lübeck
1997	Gastregie am Sandkorn-Theater, Karlsruhe
1997 - 1999	als Regieassistentin und Regisseurin am Staatstheater Kassel
seit 1999	als freie Regisseurin und Autorin in Hamburg, außerdem Tätigkeit im Bereich Ausstellungskonzeption und Veranstaltungsmanagement
<u>Veröffentlichungen,</u> <u>u.a.:</u>	Kurzgeschichten und Portraits für blue4you, Hamburg, 2000/01 Lyrik in: „Federwelt", Mai, 2001; Anthologie der Nationalbibliothek des Deutschsprachigen Gedichts, 2001; Anthologie des LAD, Dorsten, 2003; Anthologie der Nationalbibliothek des Deutschsprachigen Gedichts, 2003.
2002	seit Februar: Teilnahme am Education Program der Documenta 11 Juni bis September: Kunstvermittlung als Guide der Documenta 11 seit Oktober: Partnerin bei Art & Culture, PHOENIX Kulturstiftung, Sammlung Falckenberg, Hamburg-Harburg Ständige Betreuung und Vermittlung der Sammlung Falckenberg, Kuratorische Konzepte für Einzel- und Gruppenausstellungen, Öffentlichkeitsarbeit
2003	seit Juni: Autorin und Co-Regisseurin für das Theaterprojekt „Dazwischen", GangArt-Bewegungstheater, Köln

Marcus Poettler

aus Graz (Österreich)

Geboren 1977 in Hartberg, Matura 1997 an der HTBLA für Elektrotechnik in Weiz.
Lebt und arbeitet seitdem in Graz.
Veröffentlichungen in diversen Literaturmagazinen im Internet.

Christoph Wenzel

aus Aachen (Deutschland)

04.05.79 in Hamm/Westf. geboren, zur Zeit Studium der Neueren Deutschen
Literaturgeschichte, der Anglistischen Literaturwissenschaft und der Deutschen Philologie
in Aachen und Arbeit im Verlagslektorat; Mitglied im BvjA und des Literaturbüros in der
Euregio Maas-Rhein e.V., Einladung zu den *Aachener Literaturtagen 2003* und den
Tagen der Poesie, Würselen 2003, verschiedene Jungautoren- und Förderpreise,
Veröffentlichung verschiedener Gedichte in Literaturzeitschriften und Zeitungen (Zeichen
& Wunder, Osiris, außer dem, LIMA)

Bruno Mach

aus Düsseldorf (Deutschland)

Geboren 2.8.1948 in Datteln/Westf. Studierte Jura in Köln. Lebt als Werbefachmann in
Düsseldorf. Zahlreiche literarische Veröffentlichungen in Anthologien.

Ulrike Katharina Blank

aus Dortmund (Deutschland)

Geboren 1958 in Bad Ems. Grafik Design Studium in Trier. Zehnjährige Tätigkeit in Werbeagenturen in Köln und Düsseldorf, freiberufliche Tätigkeiten. Künstlerisches Schaffen umfasst Malen und Schreiben. Seit 2002 Lesungen eigener Gedichte in Büchereien, Kulturcafes und dem Theater die Säule in Duisburg.

Verena Blecher

aus Eppstein (Deutschland)

1958 in Wiesbaden geboren. Lebt heute als Schriftstellerin und Herausgeberin in Eppstein / Taunus. Mitglied des Verband deutscher Schriftsteller (VS). Preisträgerin (2. Platz / Gattung Erzählungen) des Literaturwettbewerbs „Das Andere anders sehen" (2003) von BIM e.V.. Leitung der kreativen Schreibwerkstatt ‚Ausdrückliches', VHS / Hofheim. Buchveröffentlichungen: „Blaue Zitronen", „Schattengeflecht" (einschließlich der CD zum Buch), „Die Spur des Gauklers in den blauen Mond" und „Ein leises Du". Zahlreiche Beiträge in Anthologien deutscher und österreichischer Verlage und auf CD („... ich bin des regenbogens angeklagt"). Publikationen in deutschen und österreichischen Literaturzeitschriften. Vertonung von Gedichten zu einem Kammerkonzert (Concerto da Camera II, Gerhard Schedl), Aufführungen in Wiener Konzerthäusern, Übertragung im österreichischen Rundfunk. Vertonung eines Liedtextes zu einer Rockballade (Gerhard Schedl). Zahlreiche Lesungen, u.a. Rundfunklesungen und Rezitationskonzerte in Gemeinschaft mit dem Münchner Konzertgitarristen Wolfgang Mayer.

Jolanda Bource

aus AD Chaam (Holland)

Geboren am 20.03.1973 in Darmstadt. Studium: Theater, Literaturwissenschaft und Humanistik in Belgien und den Niederlanden. Schreibt seit 1996, erste Veröffentlichungen von Kurzprosa, Essays, Lyrik in Anthologien und Zeitschriften; erfolgreiche Teilnahme an verschiedenen Schreibwettbewerben; veröffentlicht in der „Anthologie der besten deutschen Gedichte 2003". Lebt inzwischen mit Mann und Kind in einer alten Lederfabrik nahe der belgisch-holländischen Grenze. In Vorbereitung: Erster eigener Gedichtband (April 2004) und „Siebzehn Gespräche über Theater" (Herbst 2004).

Lili van Daijk

aus Husum (Deutschland)

Geboren 1948 in Niedersachsen. 1967 – 1969 Germanistikstudium. Drei Kinder. 1980 – 1986 Pädagogikstudium. Lehrtätigkeit. Einzelne Gedichte und Kurzprosa veröffentlicht.

Marion Deichert

aus Hamburg (Deutschland)

Geboren am 17. Februar 1964 in Bielefeld und dort aufgewachsen. Nach dem Abitur 1984: Studium der Germanistik in Hamburg. Ab 1990 in München, redaktionell tätig bei einer Fernsehproduktion und als Texterin in mehreren Werbeagenturen. 1995 Umzug nach Gießen, machte sich dort mit einer Werbeagentur selbstständig, die sie gemeinsam mit zwei Partnern bis 2000 betrieb. Seitdem arbeitet Marion Deichert als Texterin in der Werbeagentur Scholz & Friends in Hamburg. Bislang gibt es keine Veröffentlichung ihrerseits von literarischen Arbeiten.

Dominik Dombrowski

aus Bonn (Deutschland)

Geboren am 27.3.1964 in Waco/Texas/USA. Kindheit in Südfrankreich, zahlreiche Schulwechsel, danach hauptsächlich Europareisender und Gelegenheitsarbeiter. 1983 Abendgymnasium der Stadt Bonn, Studium der Philosophie (Haupteinfluß: Nietzsche und Camus) ; Germanistik (Arbeiten über Benn, Trakl, Thomas Mann – zwischenzeitliche Tätigkeit als Tutor für Barocklyrik) und der Vergleichenden Religionswissenschaften an der Friedrich-Wilhelm-Universität Bonn. Dazwischen Gelegenheitsarbeiten (u.a. beim Bundesamt für Naturschutz; beim Filmschaffenden Peter Greenaway; Hilfskellner in einer thailändischen Strandbar). Zur Zeit Leiter der Nachtschicht eines Reiselogistikunternehmens. Aktuelle Bibliographie: „Unsterbliche Überreste" Roman (unveröffentlicht); „fortte Pirato" – Lyrische Prosa; „Moral" – Erzählung (unveröffentlicht); „Die Archivare der Unfallkreuze" – Erzählungen (in Kürze fertig); „Der Stern Eigentlich" – Roman über das Ende der Arbeit (in Entstehung); „Ludger" – Novelle (in Arbeit). „Bucklichter Dronte" – Lesebuch des Nietzsche-Kreises Bonn / Mitherausgeber und Autor. Veröffentlichungen in Anthologien und Zeitschriften (z.B. Osiris, Der Dreischneuß Nr. 15). FEEL – 1. Preis für erotische Lyrik 2003.

Xenia Erdmann-Nomikos

aus Berlin (Deutschland)

Xenia wollte mit 5 Jahren Sängerin werden. Als man ihr damals klar machte, sie sei unmusikalisch, beschloss sie, wie ihr Vater zu schriftstellern – unter besseren Bedingungen, denn er war politischer Gefangener in einem sibirischen Bergwerk. Prosa und Gedichte in der ersten Klasse führten allerdings zur Ablehnung in ihrer ganzen Verwandtschaft: Das solle sie lieber lassen, es sei eine brotlose Kunst. So lernte sie einen Beruf im Gesundheitsbereich und hält jetzt Ausschau nach ihren Anfängen.

Hajo Fickus

aus Wangen (Deutschland)

Geboren 1955 in Idar-Oberstein, wohnt in Wangen im Allgäu und ist als Fachlehrer an einem privaten Berufskolleg in Isny tätig. Neben seiner beruflichen Tätigkeit widmet er sich als Schauspieler, Regisseur und Theatergruppenleiter vor allem dem Theater. 2002 trat er erstmals auch mit eigenen Schreibversuchen an die Öffentlichkeit (2. Preis des Isnyer Literaturwettbewerbs „Gegen die Laufrichtung"; 1. Preis des Literaturwettbewerbs „Wangenküsse"; 3. Preis des Wettbewerbs „Geschichten rund um die Apotheke").

Gerald Fiebig

aus Augsburg (Deutschland)

Geboren 1973, wohnt in Augsburg. Lektor, Herausgeber des Musikfanzines *www.gebrauchtemusik.de*, Mitglied der Hausmusikgruppe „Jesus Jackson und die grenzlandreiter" und Autor der Gedichtbände *kriechstrom* (1996), *erinnerungen an die 90er jahre* und *normalzeit* (beide 2002). http://geraldfiebig.net.

Jürgen Flenker

aus Münster (Deutschland)

Geboren 1964 in Coesfeld/Westf., Studium der Germanistik, Anglistik und neuen Geschichte in Münster und Reading/England, seitdem Inhaber der niederen Akademischen Weihen (M.A.), Verlagsangestellter, verheiratet, eine Tochter, Vielleser, Quartalsliterat, Schwerpunkt: Lyrik, Aphoristik, Kurzprosa, Kinderliteratur, über die Jahre zahlreiche Veröffentlichungen in Zeitschriften und Anthologien, Preisträger beim Gedichtwettbewerb „Lyrik 2000 S" für das Jahr 2001 und beim Autorenwettbewerb „Irrtum mit Folgen" des Weltbild-Verlages, Augsburg 2002.

Anja Gerstberger

aus Hamburg (Deutschland)

Geboren am 20.04.1968 in Miltenberg/Bayern. Interessen: Literatur, Klavier, Oper, Tennis, Wandern, Fitness, Politik und Zeitgeschehen. Lehramtsstudium mit Hauptfach Germanistik und den Nebenfächern Geschichte, Arbeitslehre und Sport, arbeitet nach zwischenzeitlichen Ausflügen in den Online-Journalismus wieder als freiberufliche Lehrerin für diverse Bildungseinrichtungen, lebt als bibliophile Gelegenheitsliteratin in Hamburg. Veröffentlichungen: In „Einzelkämpfer oder Team?", Lehreralltag – Alltagslehrer, authentische Berichte aus der Schulwirklichkeit. In „Jobben? Warum nicht?!", Pingpong Neu 3. Dein Deutschbuch. Diverse Beiträge für dei Websites www.blue4you.de und www.sports.com. Sämtliche Beiträge auf der Website www.juppidu.de. Preisträgerin beim Unicum Literarisch Wettbewerb 2003 (7. Platz).

Kristina Grashoff

aus Düsseldorf (Deutschland)

Geboren am 1. Februar 1972 in Lüdenscheid im Sauerland. Abschluss der Schullaufbahn mit Abitur an der ev. Landesschule zur Pforte in Meinerzhagen. (Internatsgymnasium mit altsprachlichem Schwerpunkt) 1991 – 1994 Ausbildung zur Industriekauffrau, 1995 beginn des Architekturstudiums in Kaiserslautern, 1999 vorzeitige Beendigung des Studiums, seither tätig als freischaffende Künstlerin. Bildende Kunst: Schwerpunktmäßig abstrakte Bilder in Acryl und Skulpturen aus Ytong. Schreiben: Kurzgeschichten, Gedichte, Erzählungen, Limericks, Reime und sonstige Texte.

Knut Gerwers

aus Berlin (Deutschland)

Geboren 1969. 1989 – 98 Mitarbeit beim VideoFest / transmediale Berlin (Programm + Konzept) – Kuratierung zahlreicher Video/Medien Programme für Präsentation im Ausland. Seit 1990 zahlreiche eigene Videoprojekte [Tapes & Installation] sowie Internet-Projekte, die auf zahlreichen internationalen Festivals – und auch vom Goethe Institut präsentiert wurden. Seit 1995 Arbeit im Bereich Video/Theater – u.a. mit Matthias Beltz, Armin Dillenberger und Hermann Treusch. Seit 1998 Kollaborationen mit THE MOOR und NEMESIS als Spoken Words Performer / Sänger. 1998 VideoTheater „Der Grossinquisitor" mit H. Treusch; Volksbühne am R.L. Platz Berlin. 2000 – „System Himmel | gespenster der zukunft" – Voraufführung Piccolo Teatro Turin. Gewinner des Autorenwettbewerbs der Brecht-Tage 2001. Medien-Theater Performance (2001): „Arbeit an der Erloesung als Erloesung von der Arbeit"; Volksbühne am R.L. Platz Berlin. Diverse Veröffentlichungen in Literaturzeitschriften und Anthologien [Lyrik + Essays in 2001 und Lyrik, Prosa + Drama seit 2002] : Konzepte / LIMA (das lit. Magazin) / Zeitriss / Krautgarten / -cet / titel-magazin / Lose Blätter u.a.. Sonderpreis des Uslarer Literaturpreis 2002. 2002 - „Amerika im Krieg: Eine Serie", Theater Magdeburg (Projektionen). 2003 – Literaturstipendium der Stiftung Kulturfonds.

Tobias Grimbacher

aus Zürich (Schweiz)

Geboren 1975 in Ulm / Donau, aufgewachsen auf der schwäbischen Alb. Studium der Meteorologie in Bonn. Zur Zeit wissenschaftlicher Mitarbeiter am Institut für Atmosphäre und Klima der ETH Zürich.
Mitarbeit in verschiedenen Autorengruppen. 1999 bis 2001 Mitglied der „Literatur Bonn". Seit 2003 Redaktionsmitglied des „tasso" – Literaturmagazin an der Uni und ETH Zürich (www.tasso.li). Lesungen in Bonn und Zürich. Veröffentlichung in Zeitschriften und Anthologien, darunter *dulzinea* und *macondo*. Schreibt vor allem Lyrik und Kurzprosa.

Christian Hartung

aus Kirchberg (Deutschland)

Geboren am 9. Juni 1963 in Reinbek bei Hamburg. Studium der evangelischen Theologie in Bonn, Basel und Heidelberg. Seit 1992 ev. Gemeindepfarrer in Kirchberg / Hunsrück. Verheiratet, zwei Söhne. Seit 2001 mehrere Veröffentlichungen von Lyrik, Prosa und Erzählungen in Literaturzeitschriften, u.a.: erostepost, Der Dreischneuss, entwürfe, Federwelt, Krautgarten, Muschelhaufen. Teilnahme an der Endausscheidung um den Georg-Christoph-Lichtenberg-Preis 2003.

Vera Henkel

aus Budens-Figueira (Portugal)

Geboren 1961 in Düsseldorf. Freie Autorin und Cartoonistin. Veröffentlichungen in Anthologien, Zeitschriften und Rundfunk. Zahlreiche Lesungen.
Einzelveröffentlichung: „Männer in Unterhosen - Merkwürdige Geschichten und Zeichnungen".
Auszeichnungen: 1995 - 1. Preisträgerin „Erster Düsseldorfer Lyrikpreis"; 1996 - 1. Preisträgerin „Open Mike" Berlin; 1997 - 1. Preisträgerin „Highlander Poetry Slam" Düsseldorf; 1998 - Arbeitsstipendium der Stadt Düsseldorf; 1999 - Arbeitsstipendium der NRW-Stiftung im Künstlerdorf Schöppingen; 2003 - Anerkennungspreis 7. Harder Literaturwettbewerb.

Mareike M. Hesse

aus Grafschaft (Deutschland)

geboren 1971 in Berlin. Nach dem Abitur und ein paar Semestern Germanistik entschied sie sich für die Landwirtschaft. Heute lebt sie mit ihrer Familie in der Nähe von Bonn und ist Mutter, Haus- und Ehefrau mit wechselndem Schwerpunkt. Seit sie schreiben kann, gehört diese Form, Inneres an die eigene Peripherie zu tragen und nach Außen sichtbar werden zu lassen, in ihr Leben. Sie schreibt neben Kurzprosa in den letzten Jahren auch Gedichte.

Wilhelm Homann

aus Kreuzau (Deutschland)

Geboren 1954 in Haltern. Abitur 1972 in Marl, Studium der Germanistik und Pädagogik in Aachen. Herausgeber der online-Literaturzeitschrift „auslesen" (http://www.auslesen.de). Lyrisch vertreten u.a. im Auswahlband der Wilhelm-Busch-Gesellschaft 2002 und in der von Vera Raupach herausgegebenen Lyrik-Anthologie „Fiori Poetici".

Sylvia John

aus Berlin (Deutschland)

Geboren 1960 in Weimar, verschiedene Tätigkeiten im künstlerischen Bereich (Theater, Film). 1994 - 2000 Diplom als Szenenbildnerin, Veröffentlichung Lyrik/Prosa in einem Anthologieband (2000). Literaturstipendium der Stiftung Kulturfonds von Januar bis Juni 2002. Teilnahme Literaturwettbewerb Wien und Veröffentlichung in einer Anthologie (2002). Arbeitsstipendium (4Monate) der Stiftung Kulturfonds Berlin für Bild, Kunst, Video. Zur Zeit arbeitet Sylvia John an Kurzgeschichten.

Elisabeth Klar

aus Wien (Österreich)

Geboren 1986 in Wien. Besucht ein Gymnasium in Wien. 1. Preis bei „Feile Filiochta-International poetry competition" in der Kategorie „German- under 17" 2001. Hauptpreis der Jugendliteraturwerkstatt Graz in der Kategorie der 14 – 19 jährigen 2003.

Dr. Matthias Kneip

aus Regensburg (Deutschland)

Matthias Kneip, 1969 in Regensburg geboren, studierte Germanistik, Ostslawistik und Politologie an der Universität Regensburg. 1995 / 96 arbeitete er als Lektor für deutsche Sprache und Literatur an der Universität Oppeln, 1999 promovierte er an der Universität Regensburg. Seit März 2000 ist Kneip, dessen Eltern aus Oberschlesien stammen, als wissenschaftlicher Mitarbeiter am Deutschen Polen-Institut in Darmstadt tätig. Seine Gedichte wurden u.a. ins Polnische, Russische und Japanische übersetzt. Homepage: http://www.matthiaskneip.de. Für sein literarisches und publizistisches Schaffen erhielt er zahlreiche Preise, u.a. den Gedok-Literaturpreis 1997, den Kulturförderpreis der Stadt Regensburg 2001 und den Uslarer Literaturpreis 2002.
Buchveröffentlichungen: „Einmal Leben und zurück", Gedichte; „Farbe für Schwarz – Weiß", Gedichte und Essays zur deutsch-polnischen Annäherung. Zweisprachig. Breslau 1998 (gefördert u.a. durch das Auswärtige Amt); „In meiner Faust den Tag", Gedichte; "Die deutsche Sprache in Oberschlesien. Untersuchungen zur politischen Rolle der deutschen Sprache als Minderheitssprache 1921 – 1998" Hrsg. v. d. Forschungsstelle Ost- Mitteleuropa an der Universität Dortmund 1999; „zärtlich kriegen", Gedichte; „Grundsteine im Gepäck". Begegnungen mit Polen. Gedichte und Essays (2002).

Ivette Vivien Kunkel

aus Witten (Deutschland)

Geboren 1979 in Dortmund. Seit 1997 öffentliche Lesungen im Ruhrgebiet und Umgebung, mehrere Veröffentlichungen in Anthologien und Literaturzeitschriften.

Kerstin Leppert

aus Hamburg (Deutschland)

Geboren 1967. Betriebswirtin, Yogalehrerin, freie Autorin. Diverse Veröffentlichungen von Lyrik und Kurzprosa in Anthologien und Zeitschriften wie z.B. Macondo, dulzinea, Wortspiegel und Federwelt. 2002 Einzeltitel „feuerleger", Gedichte. Lesungen u.a. im Literaturhaus Kiel, Hamburger Hafenclub und Schilleroper Hamburg. Mitglied im Freien Deutschen Autorenverband (FDA) und bei Galerie Room 21. Homepage www.gedichte-pur.de seit 2001.

Joanna Lisiak

aus Nürensdorf (Schweiz)

Geboren am 26.4.1971 in Polen. Ausbildung: Kaufmännische Lehre, tätig in den Bereichen: Marketing, Kultur, Auktionshaus, Radio. Literarisches Schaffen: „Cocktails zum Lesen", „Silben Transfer", „Beeren sind kleiner als Bären". Drehbuch/Konzept/Realisation des Dokumentarfilms „Lyrik am Rande" im Auftrag des SOVAZ, Zürich, 2003. Schreibt auch Dramen, Hörspiele und Prosa, 2001 und 2002 Anthologie in der „Frankfurter Bibliothek des zeitgenössischen Gedichts". Seit 2001 regelmäßige Veröffentlichungen in der Satirezeitschrift „Nebelspalter". Jazz-Sängerin, ehemalige Radio-Moderatorin, Autorin eines Gesellschaftsspieles.

Dirk Müller

aus Maintal (Deutschland)

Geboren am 24.11.1967 in Hof/Saale. Abitur; Zivildienst; Studium der Politologie (abgebrochen).
Beruf Journalist, seit 1994 Redakteur und seit 2000 Redaktionsleiter der Tageszeitung Maintal Tagesanzeiger. Verheiratet, zwei Kinder. Massiver Hang zur Lyrik. Bisher erschienen:
„Ich schenke Dir ... Maintals schönste Seiten zu allen Jahreszeiten", u.a. mit Aquarellen und Lyrik.

Reiner Mund

aus Ilmenau (Deutschland)

Geboren 1959 in Hergisdorf bei Lutherstadt Eisleben. Abitur, Studium der Soziologie in Halle, lebt seit 1985 in Ilmenau (Thüringen). Schreibt seit drei Jahrzehnten, vor allem Prosa, Lyrik; zahlreiche Veröffentlichungen in Anthologien und Zeitschriften in Deutschland und Österreich.

Miklos Muhi

aus Satu Mare (Rumänien)

Geboren 1975 in Satmar, hat 1993 das Abitur in einer Realschule (Mathematik-Physik-Fach) geschafft. In 1998 schloss er sein Studium als Ökonomiker ab (BA) und erwarb in 1999 einen MA-Abschluss. Seit 1995 arbeitet er als Programmierer, ist seit 1998 verheiratet und hat zwei Kinder. Veröffentlichungen in der Anthologie „Netzgeschichten 5" und in „Neue Literatur, Herbst 2003". Zahlreiche Internetveröffentlichungen bei www.literature.de (miklos_muhi), drei davon prämiert bei Literaturwettbewerben und unter www.warp-online.de. Er studiert zur Zeit an der Cornelia Goethe Akademie in Frankfurt am Main.

Daniel Mylow

aus Kassel (Deutschland)

Geboren 1964 in Stuttgart. Studium der Germanistik und Medien, Psychologie und Philosophie in Bonn und Marburg, 1995 Magister-Abschluss und begonnene Promotion. Tätigkeiten als freier Verlagslektor, Korrektor und später mit eigener Firma im Dienstleistungsbereich.
Seit 2003 am Lehrerseminar für Waldorfpädagogik in Kassel, zeitgleich Ausbildung zum Poesiepädagogen am Institut für Kreatives Schreiben.
Zahlreiche Veröffentlichungen in Literaturzeitschriften (u.a. MACONDO, STERZ, PODIUM, NEUE SIRENE, DECISION) und Anthologien. 3 Literaturpreise (FDA Wettbewerb Jugend schreibt 1995, sportart-BvjA 1996, stellwerk 2003). In der Reihe EXKURS, ist eine kleinere Sammlung von Kurzprosa (Daniel Mylow: Kurzprosa) erschienen. Im Dezember erschien das Buch „Im Garten des Zauberers – Tangogeschichten". Mitglied im VS und dem Bundesverband junger Autoren.

Frank Norten

Sant Josep (Spanien)

Geboren 1952 in Köritz, Mark Brandenburg. Arbeit als Hilfspfleger in einem Krankenhaus. Medizinstudium in Ostberlin. Ausreise aus der DDR. Facharzt für Neurologie und Psychiatrie. Promotion über den Selbstmord bei Schizophrenen. Langjährige ärztliche Tätigkeit an mehreren Nervenkliniken in Berlin. Leitung einer psychiatrischen Institutsambulanz. Seit 1999 auf Ibiza.
Bisherige Veröffentlichungen: In Zeitschriften („Passagen", „Zenit", „Ostragehege", „Ort der Augen") und in der Anthologie „Heiss auf Dich, 100 Lock- und Liebesgedichte". „Rauch aus meinem Mund", Gedichte und „Die Frau von Capri", Gedichte. Nachdichtungen ins Polnische durch Leszek Szaruga (Warschau). Veröffentlicht in Buchform 2004 in Polen. Übersetzungen ins Französische durch Florence Hetzel, Institut für Romanistik, Graz.

Dine Petrik

aus Wien (Österreich)

geb. 1942 in Unterfrauenhaid/Burgenland, verlor im Krieg zwei ältere Brüder und den Vater, einen Musiker und Maschinenhändler, der mit dem Vater Hertha Kräftners bekannt war, übersiedelte mit siebzehn Jahren nach Wien, war verheiratet, hat zwei erwachsene Söhne und publizierte bisher vor allem Lyrik. Buchveröffentlichungen: "Sonaten für Wasser und Wind", Gedichte (1980); "Die Hügel nach der Flut. Was geschah wirklich mit Hertha K.?" (1997).

Erich Pfefferlen

aus Horgau (Deutschland)

Geboren 1952 in Nördlingen, Studium der Germanistik, Geschichte und Sozialkunde an der Universität Erlangen, lebt und arbeitet als Oberstudienrat und Literat in Horgau bzw. Augsburg. Er ist Literaturbeauftragter (Referent in der Lehrerfortbildung, Leiter von Kursen im „Kreativen Schreiben") und war assoziiertes Mitglied im Arbeitskreis „Kreativität im Unterricht" am Institut für Schulbildung und Bildungsforschung (ISB). Seit September 2003 arbeitet er – zusammen mit V. Bippus – mit seinen Schülern beim TatFunk-Projekt des Bayrischen Rundfunks, initiiert und gefördert von der Eberhard von Kuenheim Stiftung. Zahlreiche Veröffentlichungen von Lyrik und Kurzprosa seit 1980 in Zeitungen, Literatur- und Kulturzeitschriften, Kalendern, Anthologien (im In- und Ausland), Dokumentationsbänden, Jahrbüchern, in Rundfunk und Fernsehen. Herausgeber. Einzeltitel: „Augen-Blicke" (1989), „Distelblüten" (1992), „Den Käfig öffnen" (1995), „Wie ein Fallschirm" (1998). Preise / Auszeichnungen: Hauptpreis beim literarisch-künstlerischen Wettbewerb (mit seinen Schülern), Bonn (1994), Nominierung für den Internationalen Preis der Poesie „Auf den Spuren von Ada Negri" in Mailand (1995), Finalist (7. Platz) beim internationalen Lyrikwettbewerb „SANNIO 1995" in Benevento/Italien (1995), Horgauer Kulturpreis (1996), Fedor-Malchow-Lyrikpreis vom Schriftstellerverband des Landes Schleswig-Holstein 1996, Preis beim Lyrikwettbewerb zum 28. Deutschen Evangelischen Kirchentag 1999 in Stuttgart, Berufung als Juror für den Dorstener Lyrikpreis (Nordrhein-Westfalen) 2003.

Stefan T. Pinternagel

aus Augsburg (Deutschland)

1965 in Straubing geboren. Extrabreit und EA80geschädigt, wie er selbst von sich schreibt. Veröffentlichung von weit über 100 Gedichten/Storys/Artikeln in diversen Literaturzeitschriften (von KULT bis IMPRESSUM), in Anthologien, Zeitungen, Magazinen und im Internet. Lesungen u.a. im Siegburger Pumpenwerk, in Günzburg und im Münchner Schlachthof. Mitglied im Verband deutscher Schriftsteller (VS) und in der Autorengruppe UNGESCHLACHT. Das Hörstück „MomentNotAufnahme 1" wurde 1999 von GEDANKENT.RAUM vertont. Ebenfalls '99: Nominierung von „Totentanz" für den Kurt-Laßwitz-Preis in der Sparte 'Bester Roman'. 2001: 3. Platz im 160-Zeichen-Literaturwettbewerbs, Kategorie „Liebe", 2. Platz im „Maskenball-Award".

Von Heinz Ratz wurden 2002 drei Gedichte für die CD „... ich bin des regenbogens angeklagt" vertont. 2003 erschien u.a. die für den Bayrisch-Schwäbischen Literaturpreis nominierte Erzählung „Midas" in der UNGESCHLACHT-Anthologie. Einzelveröffentlichungen: „AcidHead – Visionen im Dunkeln". „Grenzgänger", „Graham´s Curse", „EndTod" – Trilogie in der Ad Astra-Reihe (Band 2-4). „Türen" Gedichte als Buch und AudioCD. „CyberJunk"–SF Noir, Zweiteiler in der Ad Astra-Reihe(Bd. 31+32).„Fragmente"– Roman.

Sabine Reber

aus Donegal (Irland)

Geboren 1970 in Bern, lebt als freischaffende Autorin in Irland, ist aber für Lektoratsarbeiten und Lesungen öfter mal in Deutschland. Im letzten Jahr hat sie am Literarischen März in Darmstadt teilgenommen. Veröffentlichungen in der Schweiz, Deutschland und Irland, u.a. drei Romane und ein Gedichtband, diverse Preise.

Elvira Reck

aus Gronau (Deutschland)

Geboren 1963, verheiratet, eine Tochter. Prosa- und Lyrikveröffentlichungen in Zeitschriften und Magazinen, sowie einigen Anthologien (u.a. „Hoffnung – Geschichten nah an der Wirklichkeit"; „Märchenzauber" der Storyolympiade; „Maskenball"; „Glücksuche" Wortspiegel Berlin. Elvira Reck arbeitet als Pfarramtssekretärin bei der ev. Kirche und als freie Mitarbeiterin eines Regionalmagazins.

Dominique B. Renard

aus Berlin (Deutschland)

Geboren 1973 in Bonn; aufgewachsen im Rheinland; Studium der Soziologie, Psychologie, Medizin in Aachen, Bielefeld, Berlin; lebt und arbeitet in Berlin; Mitglied im Autorenforum Berlin und in der Lyrikgruppe „Die Freuden des jungen Converters". Veröffentlichungen in Zeitschriften wie *Sterz, Zeichen und Wunder, lauter niemand und tip*, sowie in den Anthologien „Liebe und andere Peinlichkeiten", „Sonnensprung" und „Feuer bitte!".

Rotraud Sarker

aus Guildford (England)

Geboren 1942 in Detmold, Lyrikerin. Lebt in der Nähe von London, England, gegenwärtig an der University of Surrey beschäftigt. Veröffentlichungen in deutschsprachigen Zeitschriften, Zeitungen und Anthologien, z.B. *Neue Zürcher Zeitung, Neue Sirene*. Buchveröffentlichungen: *Weisse Trauben*, Gedichte. Zweiter Platz im Lyrikwettbewerb „Lyrik 2000 S" (Marl, NRW) für das Jahr 2002. HohenzollernPoesiePreis, München, 2003.

Klaus Schafmeister

aus Georgsmarienhütte (Deutschland)

Geboren 1952 in Lemgo / Lippe und dort aufgewachsen. Technische Ausbildungen in Detmold und Osnabrück. Verheiratet, 1 Kind. Techniker, Journalist, Autor, Erwachsenenbildner. Verschiedene literarische Veröffentlichungen: Presse, Rundfunk, Anthologien; Literaturtelefon, öffentliche Lesungen und -programme. Preisträger in den Literaturwettbewerben des Niedersächsischen Landesverbandes der Volkshochschulen 1989 / 90 und 1992 / 93, des Wilhelm-Busch-Preises 1998 (4. Preis) und 2000 (2. Preis). Stipendiat verschiedener Landesförderungen (derzeit Lektoratsbetreuung) sowie der Bundesakademie Wolfenbüttel. Mitglied der Autorengruppe PegasOs e.V., Osnabrück. Initiator und Mit-Durchführender des Literaturpreises der Stadt Georgsmarienhütte. Arbeitsgebiete: „Schlimme Geschichten, böse Geschichten, perfide Stückchen, Phantastisches & Bombastisches". Diverse Einzellesungen, überregionale Kabarett-Programmlesungen mit der *Heyls Armee*. Beiträge zu Anthologien: „Von wechselnden Orten", „Das war damals schon Erinnerung", „Nachdenken über Nussbaum", „Osnabrücker Poetik", „Heimat" und „Geschichten am Kamin". Wettbewerbsanthologien zum Wilhelm-Busch-Preis 1997 / 1998 / 2000. Derzeit 1. Romanprojekt: „Engelkes Höllenfahrt".

Adelheid Schmidt

aus Vallendar (Deutschland)

Geboren : 03.12.1941 - Irlich/Neuwied
Schulen: Volksschule Irlich. Lyzeum Neuwied   / bis Einjähriges. Höhere Handelsschule. Buchhalterin. Seit 1963 verheiratet, vier Kinder / erwachsen. Ab 1995 Teilnahme an Literaturwerkstatt der VHS - Koblenz. Mitglied im Literaturkreis Eulenturm / Dierdorf. Veröffentlichungen in Anthologien und im Internet. Letzte Veröffentlichung in der Jahres – Anthologie der Nationalbibliothek des Deutschsprachigen Gedichtes.

Reinhold Schrappeneder

aus Wien (Österreich)

Geboren 1949 in Wiener Neustadt, Studium der Germanistik und Anglistik an der Universität Wien, lehrte bis vor kurzem an der Theresianischen Akademie in Wien; freier Mitarbeiter der Neuen Zürcher Zeitung, Mitglied der Grazer Autorenversammlung, des Instituts zur Erforschung und Förderung österreichischer und internationaler Literaturprozesse und der Jura Soyfer-Gesellschaft, 1995 – 1999 Vorstandsmitglied und stv. Obmann der ÖDV (Österreichischer Dramatikervereinigung); zahlreiche Veröffentlichungen in Literaturzeitschriften und Anthologien (u.a. in „Phantastisches aus Österreich"), in der *Internet-Zeitschrift für Kulturwissenschaften* TRANS, in der *Neuen Zürcher Zeitung* und im ORF; mehrere Literaturpreise, unter anderem bei dem 1998 anlässlich des EU-Jahrs gegen Rassismus ausgeschriebenen Literaturwettbewerb „Gegen Rassismus und Intoleranz".

Iris Schröder

aus Berlin (Deutschland)

Geboren 1970 in Soest. Lebt seit 1988 in Berlin und studiert Landespflege an der TFH Berlin, Gärtnerin und Floristin. Zahlreiche Veröffentlichungen in Literaturzeitschriften.

Florian Seidel

aus Altendorf (Schweiz)

Geboren am 15.3.2004 in München. Studium Neuere Deutsche Literaturwissenschaft, Geschichte, Philosophie und Volkswirtschaftslehre. 1996 Münchner Werkstattpreis für Lyrik. 1997 Premio Internazionale di Poesia, Toskana. Buchveröffentlichungen: „Literarische Steine 53 Gedichte aus 4000 & 3 Kurzgeschichten", ausgewählt von Jörg Schön. „Zunge Mond und Finger", Gedichte. Gedichtveröffentlichungen in folgenden Sammelwerken und Zeitschriften: Premio Internazionale di Poesia – Sesta Antologia; Triennio 1995 – 1997, A Cura Di Franco Pedrinzani; Massa – Italia 1998; Literatur in Bayern (Herausgegeben vom Institut für Bayrische Literaturgeschichte der Universität München; UND – Das Münchner Kunstjournal.

Stefanie Stegmann

aus Czernowitz (Ukraine)

Geboren am 21.06.1974 in Lübbecke (NRW), seit September 2003 Lektorin des Deutschen Akademischen Austauschdienstes (DAAD) an der Nationalen Universität Czernowitz, Ukraine. Lehramtsstudium Germanistik und Kunst, Aufbaustudium und Promotion in den Kulturwissenschaftlichen Geschlechterstudien an der Carl von Ossietzky Universität Oldenburg. Seit ein paar Jahren erste kurzprosaische, lyrische und journalistische „Gehversuche": Als Stipendium gewährte Teilnahme an verschiedenen Literaturwerkstätten (u.a. Autorinnenforum Schloss Rheinsberg, Bundesakademie für kulturelle Bildung Wolfenbüttel); 2. Kurzgeschichtenpreis Literatenohr e.V. im Mai 2002; per Literaturwettbewerb veröffentlichte Erzählung „Zu Hause/n. 16 Spulen" in der Anthologie „Jubel Jahre".

Rebecca Steltner

aus Cambridge (England)

Geboren 1982 in Hamburg, lebt zur Zeit in Cambridge und Brüssel.
Nach dem Abitur im Jahre 2000 am Helene-Lange-Gymnasium in Hamburg, Studium der vergleichenden Literaturwissenschaften an der University of Kent in Canterbury. Gab dort das Literaturmagazin Logos heraus. Seit Oktober studiert sie Europäische Literatur in Cambridge, Queens' College. In den Semesterferien ist sie Buchhändlerin in Brüssel.

Rebecca veröffentlicht in deutschen und englischen Literaturmagazinen wie 'Dreischneuss', 'Muschelhaufen' oder 'Tears in the Fence' für die sie auch Lyrik übersetzt. Zwei ihrer Gedichte finden sich in der Anthologie „Hamburger Ziegel 2000/2001". Im Jahr 2000, gewann sie den 6. Platz beim Regensburger Jungautorenwettbewerb und 2002 war sie zum HörenSagen Literaturwettbewerb in Berlin und zum Hattinger Förderpreis eingeladen.

Rolf Stolz

aus Köln (Deutschland)

Schriftsteller und Photograph. Bisher zwölf Bücher – ein Roman („Der Gast des Gouverneurs in der Wand des Kraters", 2001), Erzählungen, kurze Prosa, Essays, Lyrik, Sachbücher, ein Kinderbuch und ein Hörbuch. Übersetzungen ins Französische, Englische, Rumänische, Dänische. Im Freiburger Echo-Verlag erschienen 2002 der Prosaband „Der Abschiednehmer" und 2003 der Band „Begrüßung eines Endes" mit philosophischen Notizen, Fragmenten und Aphorismen. 2004 kommen das CD-Rom-Buch „VEN – Photographien und Texte aus Venedig" und die von Marina Volkova illustrierte Erzählung „Das Haus am anderen Ufer" heraus.

Oliver Uschmann

aus Bochum (Deutschland)

Geboren am 30.05.1977. Freier Autor, Musikjournalist und angehender Dozent für Literaturwissenschaft aus Bochum. Regelmäßige Mitarbeit bei *Visions* und *Testcard*, literarische und wissenschaftliche Veröffentlichungen in *Am Erker, Weimarer Beiträge, Kharkesh* oder der *Nationalbibliothek des deutschsprachigen Gedichtes*. Rege Teilnahme an Literaturwettbewerben, Gewinner des Leverkusener Short Story-Preises 2003 und zahlreiche öffentliche Lesungen. Mitglied der studentischen Initiative *Treibgut* zur Organisation von Lesungen in Bochum und Umgebung.

Georg Veit

aus Coesfeld (Deutschland)

Geboren 1956 in Velen / Westfalen. 1966 – 1974 Internatsgymnasium, 1975 – 1983 Studium der Fächer Geschichte, Latein, Philosophie, seit 1985 Teilzeitbeschäftigung an der Schule, Heirat, drei Kinder. Veröffentlichungen (Auswahl): 1986 – 1997 zahlreiche wissenschaftlich-didaktische Aufsätze und Monographien, 1995 „Helmuterkloße" Satire, 1997 „Zeit der Krammetsvögel" Historischer Roman, 1999 „Münsterland-Mafia" Kriminalroman, 2000 „Schatten der Hummel" Gedichte in : Jahrbuch Westfalen, 2001 „Daseinsbestände" Gedichte, 2002 „Die Schärfe der Fichten" Gedichte, 2002 „Hahnenkampf" Kriminalroman. Preise: 2000 „Jos Fritz-Preis" für Innovative Literatur (4. Münsteraner Literaturmeisterschaft), 2001 Kurzgeschichten-Auszeichnung der Literaturzeitschrift „Am Erker", 2002 Preis des Kurzgeschichten-Wettbewerbs „story-olympiade".

Horst Werder

aus Osnabrück (Deutschland)

Geboren 1938 in Schlesien. Als Autor im Werkkreis Literatur der Arbeitswelt veröffentlichte er Erzählungen in Anthologien, in Zeitschriften, im Rundfunk sowie in Schulbüchern. Neuerdings schreibt und publiziert Werder sprachexperimentelle Poetry. Die Edition Blackbox veröffentlichte den Band „Sprengstoff fegen" mit Texten aus den Jahren 1997 – 2000. Daraus erfolgte 2003 die Vertonung einer Arbeit, deren Uraufführung in Saarbrücken vom Deutschen Musikrat gefördert wurde.

Benjamin Witte

aus Waltrop (Deutschland)

Geboren am 17.01.1981 in Datteln. 2000 Abitur am Theodor-Heuss-Gymnasium in Waltrop. Auszubildender zum Kaufmann für audiovisuelle Medien beim BOK Marl, dort u.a. Kameramann im Videoproduktionsbereich. Angestrebtes Ziel nach der Ausbildung: Grafik Design Studium. Hobbys sind Fotografieren, Zeichnen und Malen, bevorzugt im surrealistischen Bereich.

Herbert Witzel

aus Berlin (Deutschland)

Geboren am 2. Mai 1949 in Braunschweig. Er hat in den Siebzigern und Achtzigern „Das Gelbbuch" und andere Sachen in kleineren Verlagen veröffentlicht. Dann war Krise und 15 Jahre Pause. 1995 – 2000 Kommissar-Müller-Kurzgeschichten in SZ und Tagesspiegel. 2000 Buch: „Café Milath – eine Geschichte aus Berlin", johannis (Lahr / Schwarzwald). 2002 „Das Hauptkommissar-Müller-Buch", Kurzgeschichtensammlung, Worttransport (Berlin). Brotberuflich zuletzt als Speditionskaufmann fast fünf Jahre Ausbilder für Fachkräfte für Lagerwirtschaft. Brötchenmäßig ist er, wie er selbst schreibt, mit einem Bäckerladen pleite gegangen. Arbeitet jetzt verschärft an diversen literarischen Baustellen.

Inge Wolff

aus Heckenbach (Deutschland)

Jahrgang 1960. Wirtschaftsgymnasium. 1984 – 1993 Mode und Reisefotografin in Düsseldorf und Duisburg. 1993 – 2001 Musikerin in Köln und seit 2001 Tonstudio in der Schneeeifel.
Veröffentlichungen Literatur: Gedicht „Stadt" in –Ausgewählte Werke VI- Nationalbibliothek des Deutschsprachigen Gedichtes 2003-2004.

Jury

Iris Harlammert (Herten - Deutschland)

Leiterin der Literarischen Werkstatt Marl. Lektorat „Lyrik 2000 S".
1965 geboren, schreibt Lyrik und Kurzprosa. Verschiedene Veröffentlichungen.

Andreas Sticklies (Gelsenkirchen - Deutschland)
http://www.sticklies.tv

geb. 1962, Rohrnetzmeister Gas und Wasser. Mitglied in verschiedenen Vereinen.
Veröffentlichungen unterschiedlichster >Art< in verschiedenen Medien. Initiator
„Lyrik 2000 S"

Heinz-Ulrich Tenkotten (Marl - Deutschland)

geb. 1957 verheiratet, ein Kind. Lebt als Hausmann und schreibt. Mal die mal das.
Verschiedene Veröffentlichungen, unter anderem: „Die Hexen von Katernbusch",
Georg Bittner Verlag (1992).

Brigitte Werner (Herne - Deutschland)
http://www.brigitte-werner.de

10 Jahre Grundschullehrerin, 8 Jahre Kindertheater Pappmobil, Autorin vieler
Kinderstücke und einem Judendtheaterstück mit Musik. Autorin von Prosa, Lyrik
und Hörspiel.
1987 Literaturförderpreis Ruhrgebiet, 1990 Kindertheaterpreis NRW für das
Pappmobil, 1992 Literaturpreis der Stadt Gelsenkirchen, 1995 Auszeichnung und
Unterstützung der Kinderaktion "Erbse mit Speck" für kranke Kinder als beste
kulturelle Idee des Jahres durch die Zeitschrift "Freundin". Freischaffend als
Autorin, Pädagogin und Theatermacherin tätig.